KB097014

우리네 문단골 이야기

1

우리네 문단골 이야기

1

이호철 지음

자유문고

분단시대 한국 문단의 전망대

임헌영(문학평론가)

1. 보안사 수사관과 러시아 노래를 부른 작가

1974년 1월 14일은 "겨울 날씨치고는 후덥지근하게 흐린 날이었다." 아침 10시경, 불광동 이호철 자택으로 "잠바 차림의 낯선 청년들"이 나타나 "윗분께서 조금 뵈었으면 해서 선생님을 모시러 왔습니다. 한 30분 정도 틈 좀 내주시지요. 바쁘실 텐데 죄송합니다."라고 사뭇 정중하게 청했다. 언제나 그랬다. 연행할 땐 누구에게나 30분이면 된다고 했다. 43살의 중견작가 이호철이 검은 지프에 실려간 곳은 빙고동 육군보안사령부 대공분실이었다.

보안사령부의 뿌리는 깊다. 미 군정청 국방사령부 산하에 설치됐던 정보과(1945. 11)가 남조선국방경비대 정보과(1946. 1), 육군본부 정보국 특별조사대(1948. 11), 방첩대(1949. 10)란 명칭을 거쳐 육군본부 직할 특무부대(特務部隊, CIC, 1950. 10)로 신분을 바꾼 이 기구는 이승만 독재체제를 위하여 비판세력에게 온갖 만행을 저질렀다. 4월혁명 후 육군 방첩부대로 개칭(1960. 7)됐으나 5·16 쿠데타 세력은 육군 보안사령부로 개칭(1968. 9), 이어 육군뿐이 아니라 해공군을 망라하여 국군보안사령부로 확대 개편(1977. 9), 시종 박정희 군사정권의 버팀목으로 중앙정보부와 충성 경쟁을 전개한 쌍두마차였다.

연행 당해도 가족은 어디로 끌려갔는지 알 수 없었고, 더구나 보안사라면 필시 병신이 되거나 최소한 팔다리 정도는 부러져야 나오는 걸로 알던 수상한 유신독재 시절이었다. 매타작은 기본이었기에 '보안사로 연행'됐다는 그 자체가 소름 끼치는 고문이었다. 연행 1주일이면 위협과 매질을 번갈아 다그치던 조사가 대충 마무리에 이르게 되고 이어 베테랑 수사관이 심문조서를 작성하는 단계로 들어선다.

1월 20일 오후였다. "대머리가 훌렁 벗겨진 생김새와는 도무지 어울리지 않게 음치 목소리"를 가진 수사관이 느닷없이 "좀 쉴까."라더니, "우리 슬슬 노래나 해볼까. 그쪽 이북에서 많이 불렀잖아. 〈젊은 병사의 노래〉랑."이라며 피의자 이호철과 궁합을 맞춘다. 평양고급중학생 때 월남한 수사관과 원산고급중학 졸업반 때 LST로 부산항에 내린(1950. 12. 9) 이호철은 8·15 직후 북한 체험 공유자로서의 유대감으로 장단이 척척 맞았다. 둘은 카자크의 민요를 거쳐 유명한 영화「시베리아 대지의 곡(The Ballad of Siberia, Сказание о земле Сибирской)」(1948)의 주인공 안드레이가 "바이칼 호수를 건너가면서 배 안에서 아코디언 켜면서 부르던 시베리아 민요(「The Song of the Siberian Earth」)"를 흥얼거린다.

수사관은 고향친구라도 만난 듯이 "그 영화 참 좋았지. 노래는 말할 것도 없고."라며 신명을 내다가, "이거 뭐, 당신하고 이렇게 앉아서 20여 년 전의 그 시절 노랠 하니까 나도 좀 이상해지는데. 그 무렵이 그리워진다면 뭣하지만, 골머리가 조금 휑해져. 당신, 나까지 슬슬 포섭하려 드는 거 아냐? 혹시."라며 정색을 한다. 이윽고 수사관은 말한다. "겪어 볼수록 당신이라는 사람, 나쁜 사람은 아닌 것 같은데."라더니 슬슬 퇴근 채비를 서두른다.(이호철 실록소설 「문」, 인용)

무시무시한 보안사 취조실에서 수사관과 태연히 러시아 노래를 부르는 이 장면은 이호철의 삶과 문학을 풀어가는 열쇠 역을 해준다. 보안사의 베테랑 수사관이 볼 때도 좋은 사람일 정도로 이호철은 도무지 어떤 잣대로 잴 수 없는 호인 풍이라 그에게는 적이 없다. 분단문학사에서 이호철만큼 연령, 신분, 이념, 지연, 학연, 신앙이나 장르에 얽매이지 않고 문학 동네 구석구석을 넘나들며 교유관계가 원만했던 작가는 드물다. 그는 전후문학 세대에 속하면서도 북한에서 식민지 시대의 문단에 대해 충분한 예비지식을 가지고 월남하여 웬만한 비평가 수준의 분석력을 구사했다. 그에게 식민지 시대의 문단은 홍명희, 이기영, 이태준, 임화 등과 8·15 직후 북에서 활약했던 작가들로 각인되어 있다.

그는 분단 체제 아래서 많은 장벽을 수월하게 두루 넘나들었기에 민주화 투쟁 시기 이후 교유가 거의 단절된 상태였던 한국문인협회와 민족문학작가회의라는 양쪽 동네를 친숙하게 넘나들었다. 그의 교유록은 문단을 넘어 전 예술계에 걸쳐 있었을 뿐만 아니라 학계와 정계 전반에로 뻗어 있었는데, 특이한 현상은 보수와 진보 양쪽을 아무런 격의 없이 넘나들었다는 점이다. 그를 두고 빨갱이라면 웃기는 이야기지만 그렇다고 반공주의자라면 그 역시 웃긴다고 할 만큼 주이불비周而不比의 넉넉함을 지니고 있다.

2. 한국전쟁 이후의 남한 문단

남한 문단 60년사의 조망대인 이 책 『우리네 문단골 이야기』는 2015년 10월호부터 작고할 때까지 『월간문학』에 연재했던 것에다 그 이전 몇몇 매체에 썼던 글들을 보충한 것으로, 작가의 전기적인 성격이 짙으면서도 분단 한국사회 전반을 휘젓고 활약했던 우리 시대의 마당발 지성이 남긴 흥미진진한 증언록이기도 하다.

이호철이 본 분단 한국 문단이란 조연현 – 김동리가 주류를 형성한 것인데, 그 중핵은 1954년에 설립된 예술원으로 초대 회원으로는 염상섭, 박종화(이상 서울 출신), 김동리, 조연현, 유치진(이상 경상도 출신), 서정주(호남), 윤백남(공주)으로 월남 문학인은 전무했다고 진단한다. 제2대에야 황순원(평남), 이헌구(함북 명천), 모윤숙(함남)이 김말봉(부산), 곽종원(경북 고령)과 함께 추가되었고, 1960년에는 신석초(충남 서천), 박영준(평남 강서)이 추가됐다.

그러나 주요한, 오상순, 유치환, 김광균, 조지훈, 박두진, 박목월, 김광섭, 김동명, 신석정, 이은상, 노천명, 김현승, 김용호 등 시인, 주요섭, 안수길, 계용묵, 박계주, 정비석, 오영수 등 작가, 김팔봉, 백철 등 평론가들은 당시에도 소외되어 있었다. 이 명단을 참고하면 예술원의 편파성이 그대로 드러나는데, 이게 한국문단을 파벌화하는 계기로 작용했다.

황순원과 깊은 인연을 맺은 이호철이 보기에, 한국문단은 조연현의 『현대문학』이 독무대로, 예술원이 발족하자 이에 대한 반감에서 한국자유문학자협회가 창립(1955. 4), 위원장 김광섭, 부위원장 이무영, 백철, 모윤숙, 김팔봉, 서항석, 이헌구 등이 주도했다.

문단 비주류파인 『문학예술』은 1954년 4월에 창간했는데, 주간 오영진, 편집 박남수, 부주간 원응서 등이었다. 사무실은 『사상계』가 있던 종각 옆 한청빌딩 3층으로, 장준하의 호의로 10평 정도의 공간을 사용했는데, 2호까지는 『문학과 예술』, 3호부터 '과'가 빠졌다. 조연현의 『현대문학』과는 달리 외국문학에 지면을 대폭 할애한 게 특징이었으나 1957년 12월 33호로 종료됐는데, 이 계열의 문인들은 나중 『사상계』로 합류했다.

이런 연연으로 『사상계』가 주관하던 동인문학상 수상자는 초기에 거의 북한 출신으로 채워졌다.

문단 비주류파인 한국자유문학자협회는 기관지로 『자유문학』(1956. 6)을 창간했으나 1963년 8월호 통권 71호로 종간됐다.

『사상계』에서는 조연현을 사갈시했다고 이호철은 증언하는데, 그러나 조연현은 "다부진 배짱이며 날카로운 평론으로서도 당대 1급"으로, 명 강의로 유명했다고 이 책에서 평가하고 있다.

1950년대 중반부터 『사상계』가 문학인뿐만 아니라 함석헌, 신상초, 지명관, 안병욱(다 북한 출신) 등 문사철 지식인들에다 김팔봉, 백철, 안수길, 손우성, 여석기, 나영균, 김진만, 김붕구 등 외국문학자들, 그리고 『문학예술』 출신 문인들의 대거 활약으로 한국 지성사의 풍토가 변하기 시작했고, 이것은 이승만 체제에 대한 비판의식을 고조시키는 계기가 되었다.

이호철에 관한 경력은 웬만한 이야기는 직접 들었다고 생각했던 필자로서도 이 저서를 통해 처음 알게 된 놀라운 사실이 하나 있다. 진보당 비밀 청년회원이었다는 실토인데, 이로 인해 조봉암 사건 이후 그 천하태평의 이호철도 약간은 전전긍긍했다는 기록이다. 아마 가입 후 별 활동은 없었던 듯하나, 그 계열의 인사들과의 교류는 더 듣고 싶은 사연인데 아쉽다. 1950년대의 문단 질서가 4·19와 5·16 이후에도 변함없이 지속되었는데, 이호철은 5·16 직후 서정주가 국문학자 조윤제와 연루되어 잠시 검거됐던 사실을 놓치지 않고 기록해준다.

한국 지성사에서 일대 전환기를 이룩한 전환기를 이호철은 1966년으로 잡는다. 원효로로 하숙(1966. 봄)을 옮긴 이호철은 「서울은 만원이다」(동아일보)를 연재했는데, 이 해에 『창작과 비평』(1966. 1. 겨울호)이 창간되었다. 문우출판사(文友出版社, 7호까지), 일조각(一潮閣, 14호까지)을 거쳐 1969년 가을 – 겨울 합병호인 제15호부터 창작과비평사 발행으로 정착된 이 잡지 이후 이호철은 투철한 창비 맨으로 백낙청의 「시민문학론」(『창비』 1969. 여름) 설파에 열을 올렸다.

이호철에게 한국의 기성 비평문학은 임화와 백철, 조연현의 삼각구도로 비춰졌다. 최일수를 비롯한 몇몇을 임화 계열로 본 그는 중도론자인 백철에 대해 그리 신뢰감을 주지 않은 대신 문단적으로는 맹비난하면서도 조연현과 작가 김동리를 높이 평가하고 있는데, 이건 필시 중년기를 지난 만년의 작가의 입장이 반영된 것으로 봐야 할 것이다. 중년기의 이호철은 『현대문학』과 조연현 지배체제의 문단 위계론에 매우 날카롭고 싸늘하게 대했는데, 만년에 너그러워진 관점이 이 책에는 반영되어 있다. 필시 이런 관점은 1987년 자유실천문인협의회 대표를 떠난 이후 그의 문단 친밀도와 문학관에 변화가 생긴 결과로 볼 수 있을 것이다.

60년대의 한가운데서 김질락을 비롯한 통혁당과 『청맥』 인사들과의 교우도 특기할 만하다. 역시 더 깊이 들었어야 할 증언적 가치가 있는 대목이라 못내 아쉽다.

그가 불광동으로 이사(1968)했을 무렵 모윤숙은 화양동 자택에서 '라운드 클럽'이라는 비공개 친목단체를 만들어 그 클럽 회원들의 사교와 자유로운 토론을 월 1회씩 개최했다. 박종화, 이헌구를 비롯한 대가부터 이호철, 남정현, 박용숙, 이철범 등 주로 문단의 비정통파들이 참여했으며, 그 밀착도는 아주 높았는데, 누군가 더 자세히 연구 천착해야 할 과제의 하나이다. 이 모임의 주역들이 작가와 사회참여 논쟁을 주도했기 때문이다.

회고록에서 밝힌 모윤숙과의 일화 중 이호철의 호인풍을 읽을 수 있는 사건이 있다. 펜클럽 주최 대구·마산·부산 등지의 강연 때 곽복록(펜클럽 전무이사, 당시 서강대 독문과 교수)이 모윤숙에게 보고사항이 있었는데, 상대가 아무리 할머니지만 여관방에 혼자 들어가기엔 찜찜하대서 함께 들어갔다. 파자마바람에 그냥 누운 채였던 그녀는 스스럼없이 양해하라고 했고, 넉살 좋은 이호철이 "안마해 드릴까요?" 하니 모윤숙은 "고향 젊은이에게 안마 한번 받아 보자꾸나." 라고 선뜻 응낙하여 "파자마 입으신 엉덩이를 타고 앉아 그렇게 등을 두드리고 주무르면서 능청 섞어" 한 말이 "모 여사님 등허리를 이렇게 타고 앉기는, 하나, 둘, 셋, 그러니까 내가 네 번째 정도나 될까요?" 했다. 춘원, 안호상, 인도의 메논을 빗댄 이 멘트에 통 큰 모윤숙은 "비켜라, 이눔 자식." 하며 와락 등을 흔들어 이호철을 떼어냈다. 물론 그런 일로 꽁할 모윤숙은 아니다.

3. 민주화 운동 이후

1970년은 한국문인협회에 일대 파란이 일어난 해였다. 문단에 감투바람이 일어난 것은 이 해에 김동리가 박종화에 도전하면서였다. 형식적인 선거로 월탄을 추대해오던 문단에서 김동리가 이사장 출마로 도전하자 월탄을 지지하던 조연현이 대립각을 세웠다. 문단정치는 조－김의 그 친밀했던 우정조차도 박살냈다. 김동리 지지파에는 강용준, 하근찬, 박경수, 이문희, 송병수, 정인영, 이문구 등 작가, 정창범, 김상일, 구인환 등 평론가가 뛰었는데, 결과는 김동리의 승리(1973년까지 이사장)였다. 김동리 체제의 문인협회에 이문구가 근무하면서 참여문학 쪽 문인들과 『문학과 지성』 쪽 문인들의 출입이 잦아졌는데, 이호철은 당연히 이문구를 격려하는 쪽이었다.

이후 문인협회는 조연현(1973~76), 서정주(~1978), 조연현(~1982), 김동리(~1988), 조병화(~1991)로 이어졌다.

그러나 이호철은 문단만 바라보고 살기에는 뭔가 갑갑했을 터였다. 1971년, 대통령 선거를 앞두고 명동 대성빌딩에서 민주수호국민협의회가 발족(4. 19)했는데, 40살인 이호철은 여기에 가입했을 정도가 아니라 주도했다. 김재준, 이병린, 천관우 3인 대표에 함석헌, 지학순, 장일순, 법정, 이호철 등 운영위원, 사무국장은 전덕용이었다. 이호철은 이 단체에 가입하게 된 계기가 한남철이었다고 밝힌다.

문인협회의 감투싸움 태풍이 1971년 펜클럽에도 닥쳤다. 1954년에 설립된 국제펜클럽 한국본부는 변영로(1~2대 대표), 정인섭(3대), 주요섭(4~5), 모윤숙(6), 주요섭(7~9)에 이어 백철이 10~19대(1963~1978)에 걸쳐 장기 집권할 정도로 무풍지대였다. 1966년부터 계속 부회장을 맡았던 모윤숙이 1971년 회장에 도전했는데, 문제는 문단의 중견들이 거의 그녀를 지지한 것이었다. 위로는 안수길부터 전광용, 조병화 등에다 이호철, 남정현, 박용숙 등이 모윤숙 시인 추대(라운드 클럽 회원들)에 적극성을 띠어 가히 전투적이라 할 정도였다. 그러나 낙방한 모윤숙은 몇 달 뒤 총선 때 공화당 전국구 의원이 되었지만 그 이듬해(1972) 유신독재로 금배지를 떼야 했다. 모윤숙이 다시 펜 대표가 된 것은 1979~1982년이었다.

1973년 1월, 육군본부 주선으로 베트남 파병 국군방문 작가단에 김광림, 고은, 최인훈 등과 함께 참여했던 그는 그해 10월에 육영수의 나주 나환자촌 방문에 동행 요청을 받고 한하운과 함께 갔다. 이호철은 초청 전화를 받고 자신이 민주수호국민협의회 하는 걸 모르고 그러나 하고 망설이다가 참여하면서도 끝내 육영수와 함께하는 사진은 교묘히 피했다. 이호철다운 처세로 아무도 육영수 동행을 비난하지 않았다.

한국문인협회 이사장 선거(1973)에서 기존 김동리에 조연현이 도

전했다. 이문구가 김동리를 결사적으로 옹위했기 때문에 이호철도 반 조연현 편이었다. 총 회원 971명 중 조연현 334표, 김동리 284표였다. 이에 이문구는 삭발로 그 분노를 삭였다. 패배 원인을 문학지의 부재로 본 김동리는 『한국문학』을 창간, 이문구가 편집을 맡았다. 1976년 경영난으로 이근배에게 넘어간 이 잡지는 이내 조정래가 인수했다가 홍상화에게 넘겼다.

1974년 1월 7일 문학인들이 유신헌법을 반대하여 시국성명을 내자마자 문인간첩단 사건이 터졌고, 이호철은 그 주범으로 곤욕을 치르고 나와서는 이듬해(1975년, 44살)에 한국문인협회 이사장으로 출마, 조연현과 맞대결했다. 출마 첫 제의는 한남철이 했고, 고은이 선거총책을 맡고 이문구, 박태순, 이시영, 송기원, 손춘익 등이 적극 나섰다. 이미 결과를 예측했으면서도 기존문단에 경종을 울려야 한다는 것이 이호철의 속내였다. 이후 불광동은 천관우와 이호철의 민주인사 주거지로 매년 정초면 세배객이 몰려들었다.

1980년 5월, 김대중내란음모사건에 연루된 이호철은 남산 지하실에 2개월간 조사를 받은 뒤 육군본부 군사재판에 회부됐다. 서대문 구치소 9사 상 37방에 갇혔던 그는 3년 6개월을 선고 받았으나 11월 4일 석방됐다.

워낙 산을 좋아했던 이호철은 1950년대 중반부터 등산을 즐겼는데, 언젠가부터 이돈명, 백낙청, 변형윤, 박현채, 송건호, 리영희, 박중기, 조태일 등과 매주 일요일 북한산에 으르게 되면서 거시기산악회가 형성됐다.

1987년, 전두환의 호헌선언인 4·13조치반대투쟁 민주헌법쟁취

국민운동본부 공동대표로 6·29 선언을 맞은 그는 자유실천문인협의회 대표를 사임, 만년으로 접어든다. 이후부터 이호철의 문단 교유와 문학관, 그리고 역사인식과 민족관이 어떻게 변모했는지는 앞으로 두고두고 연구 과제가 될 것이다.

이 기록은 이호철 연구뿐만 아니라 한국 문단사 연구에도 크게 기여할 것으로 기대한다.

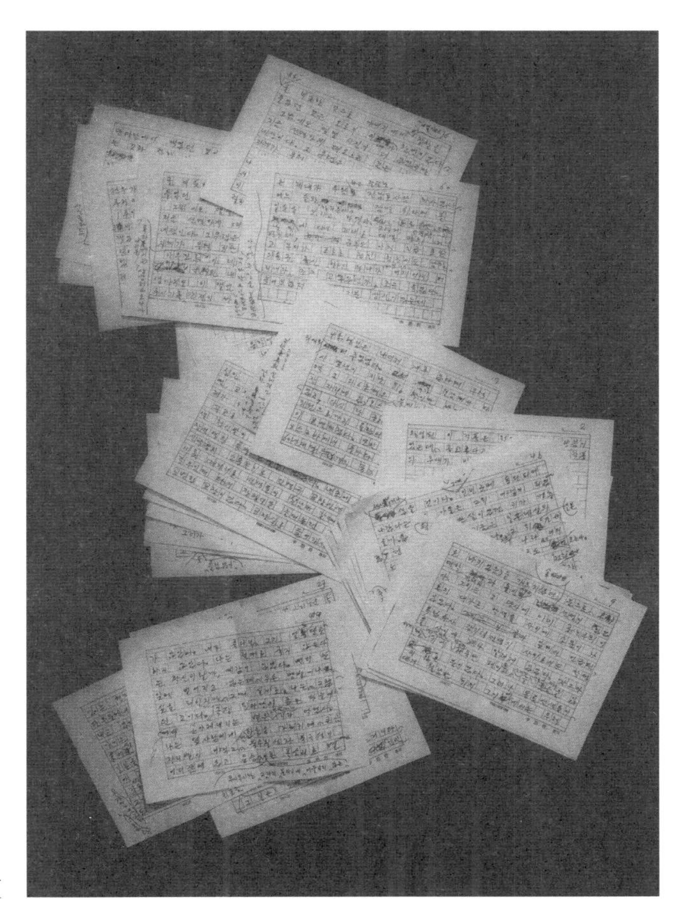

육필원고

Contents

Contents

2권

Contents

Contents

한국문단 60년,
지난 삶을 회고하기에 앞서

지난달 11일(2011년 3월)에 나는 80세 생일잔치를 치렀다. 80세란 나이가 어떤 나이인가. 나는 1955년부터 오늘까지 만 56년간을 줄곧 소설가로 살아 온 체험을 쓰기 시작하는데, 갑자기 웬 '80세 타령'인가 의아하게 여기겠지만, 80세란 나이부터 새삼 곱씹지 않을 수가 없다.

80세 잔치를 치르기 며칠 전 우리 언론이 그 일을 보도하자, 곧장 우리 집 수화기에 메시지 하나가 떴다. 인용하면 이렇다.

"지면을 통해 건강한 모습을 보니 반갑고 다행스럽습니다. 저는 1974년 서빙고 분실(국군 보안사령부)에서 병사로 근무할 때 '문인간첩사건'으로 조사를 받는 선생님을 뵈었습니다. 몹시 힘들었을 터인데, 그 상황에서도 선생님의 해맑은 모습, 의연한 모습이 마치 얼마 전인 것 같습니다. 선생님, 오래오래 건강하십시오."

나는 즉각 그 전화번호를 돌렸다. 청주였다. 그리고 당일 3월 11일에 초로의 모습으로 꽃바구니 하나를 들고 행사장까지 그이가 올라왔다. 혼자서 가만히 따져 보니 꼭 37년 만의 만남이었다. 순간, 나는 혼자서 화닥딱 놀라버렸다. 뭐? 37년!!

그때 1974년, 43세 때를 돌아보면 바로 어제 겪었던 일처럼 떠오르는데, 이게 37년 전이었다고? 그이는 스무 살 안팎의 새파란 신병으로 보안사에 근무했으니까, 지금은 환갑 전후겠고, 그리고 그렇지, 우리의 일제 식민지 시절이 꼭 36년이 아니던가. 뭣이라고? 정말로 그렇네!

그렇다면 일제 치하 36년이라는 것도 별거 아니었네 머. 그러니까 그때, 이승만 초대 대통령도 70세로 고국으로 돌아올 때의 느낌이 지금 내 느낌 같았겠군. 1974년이 어제처럼 느껴지듯이, 그이도 미국서 지낸 36년이 바로 이런 느낌으로 별거 아니었겠군. 김구 선생을 비롯하여 중국에서 환국했던 이시영·신익희, 미국 쪽에서 돌아온 임병직·윤치영·임영신, 국내에 있던 송진우·김성수·여운형 등 우리 정계 요인들의 느낌도 대동소이했겠군 싶었다.

이 느낌은 80세가 아니면 도저히 맛볼 수 없는, 심지어 죽었다가 깨어나도 결코 체험이 불가능했을 경험이었다. 지나간 36~7년이라는 세월이 이렇게도 지척 간으로 느껴질 수 있는 경지, 이거야말로 80세의 구체적인 뜻이고 80세가 되어서만 느낄 수 있는 어떤 인생 국면이 아닐까?

우선 50여 년 전의 일을 회고하기에 앞서, 1950년대 마지막 2년간의 중요한 연표年表를 한번 보자.

● 1958년

– 1월 29일 주한 미군, 핵무기 도입 정식 거론.

– 2월 7일 중화인민공화국, 주한 외국군 철수 제의.

– 2월 19일 미 국무성, 불철수 공식 성명.

– 3월 중순 북한 천리마 운동 시작.

– 5월 2일 4대 민의원(국회의원) 선거.

– 7월 2일 진보당 사건, 조봉암, 양명산에게 징역 각 5년 선고.

– 8월 8일 함석헌 필화로 구속.

– 10월 25일 고등법원에서 조봉암, 양명산 사형 선고.

– 11월 18일 국가보안법 국회 제출, '보안법 파동' 시작.

– 12월 24일 새국가보안법과 1959년도 예산안, 여당의원만으로 국회 통과(일컬어 2·4 파동).

– 12월 28일 야당, 국민주권사수투쟁위원회 발족.

● 1959년

– 1월 15일 새 보안법 발효, 1월 22일 반공청년단 결성.

– 7월 30일 조봉암 재심청구 기각. 다음날 조봉암 사형집행.

어떤가. 격세지감인가, 아니면 그때나 지금이나 어슷비슷해 보이는가. 내가 보기엔 팽팽하게 맞선 남북관계나 우리네 정치권 안의 기본 생리는 어슷비슷해 보이지만 그 자잘한 면에선 격세지감이다.

가령 요즘이면 조봉암이 대법 판결이 난 이튿날로 곧장 사형집행을 당했을까. 하지만 그렇게도 무시무시한 그때에도 반공투쟁위원장 장택상이나 야당 대변인 조재천 같은 사람이 당국 처사에 맞서 나설 수 있었던 점이 매우 주목된다. 그런 맥脈이 연면하게 이어져 김일성 부자 일원체제 일변도로 굳어져 온 북한과는 근본적으로 다른 이 남쪽의 오늘과 같은 활기를 담보해 냈던 것이 아니었을까.

문화 일상생활 면은 어떠했을까? 1958년의 유행을 보면 당구장, 훌라후프, 한글간판, 텔레비전 등이 눈에 띄고 의상에서는 색드레스와 페티코트, 유행어는 치맛바람, 피아노표, 공갈마, 깡패, '썩은 정치 바로 잡자' 등이었다. '청포도 사랑'이 히트유행가였다. 이듬해는 우표 수집, 필터담배 등이 유행했고, '돌았다', '복도 많지 뭐유', '형광등' 등이 유행어였고, '산장의 여인'이 히트곡이었다.

더듬어 보면 오늘의 사회문화 생활환경은 그때 그것의 연장선임을 여지없이 확인하게 된다. 요컨대 우리 삶의 기본 패턴은 추호도 달라진 게 없었던 것이다.

50년대 시인이며 현대문학사 기자였던 박재삼 씨의 18번 노래는 '굳세어라 금순아'였다. 1933년생이던 그이도 1997년쯤에는 60대 중반으로 집에서 병환으로 요양 중이었다. 어느 날 소설가 홍성유 씨가 무슨 글인가를 쓰다가 '굳세어라 금순아'의 가사를 적어야 할 대목이 있어 수소문 하던 끝에 누군가가 그 노래라면 박재삼이라고 일러주었다. 그러나 자정 가까운 한밤중인데다 중환자인 것을 아는 터라 망설이다가, 조심조심 전화 다이얼을 돌렸다. 즉각 박재삼이 받았다. 병환 중이라지만 정신만은 말짱했다. 이만저만 해서 전화를 걸었노라고 하자, 박재삼은 전화통에다 대고 어눌한 발음일망정 노래를 하기 시작했고 홍성유도 한쪽 귀에 수화기를 댄 채 받아 적었다. 하지만 받아 적는 게 늦어 "다시, 다시" 하며 처음부터 부르도록 몇 번씩 채근했다. 이렇게 2절까지 갔으니 시간도 어지간히 걸렸을 것이다.

그러자 박재삼의 집에서 생야단이 났다. 자정 가까운 시각에 중환자라는 사람이 전화통에다 대고 '굳세어라 금순아'를 거푸 불러대고 있으니 당연히 그랬을 밖에. 말짱하던 정신까지 이제는 훼까닥 가버린 것이 아닌가 하고 온 식구가 달려들어 만류하였다던가.

세상 흘러온 것이 필경은 이런 것이고 우리는 지금 죄다 웃고 있지만, 이런 것이 더도 덜도 아닌 사람살이 그 자체인지도 모른다. 대강 1950년대의 끝머리를 흘낏 보면서 어떤 감회를 느끼는가? 더 행복해졌다고 느끼는가, 아니면 더 불행해졌다고 느끼는가?

'귀향歸鄕: 고향으로 돌아가기'

-내 삶과 문학-

내가 태어난 곳은 북한의 강원도(현 함경남도) 원산이다. 하지만 그 고향을 떠나온 지 어언 반세기 넘어 꼭 62년이 되었으니, 사람으로 태어나 한평생을 살면서 고향이라는 것이 없을 수는 없고, 하지만 내가 지금 몸담고 사는 서울에서 원산까지는 고작 220km로, 우리 리理 수로 550리, 21세기로 들어선 요즘의 우리 감각으로는 불과 자동차로 두 시간이면 가 닿을 지척 거리임에도 아직은 가볼 엄두나마 낼 수가 없으니, 이 이상 답답할 수가 있겠는가.

내가 LST를 타고 부산항 제1부두에 닿은 것은 1950년 12월 9일이었고, 내 나이 열아홉 살 적이었다. 그렇게 그때 대신동에 자리해 있던 경남도청을 거쳐 곧장 그날 저녁으로 수정동의 피난민 수용소에 수용되었다.

그때의 나는 북한에서 고3을 마악 졸업한 문학소년이었을 뿐, 소위 이 남쪽의 글 써 먹는 사람들 동네, 문단이라는 것이 어떤 식으로 존재하는지 애당초 관심조차 없었다.

그렇게 본시 철공장이었던 듯한 수용소 터는 꽤 널찍하였으나 도무지 정신 사납게 생겨 있던 그곳에 닷새쯤 수용되어 있다가, 어느 날은 부산시 사회과 주관으로 한 사람당 쌀 몇 되와 돈 몇 푼, 피란민증 한 장씩을 교부해주며 '자, 이제는 대한민국 천지에서 제각기 요량대로 벌어먹으며 살라'고 내보내주어 고마운 마음으로 풀려났지만, 당장은 한겨울에 잘 자리부터가 아득하고 막연하였다.

게다가 물가도 북한하고는 엄청 달랐다. 집 떠날 때 아버지가 주었던 한국은행권 5,000원이 북에서는 소 한 마리 값이었는데, 그 당시 부산에서는 젠자이 팥죽 한 그릇에 700원, 양담배 한 갑에 1,200원, 부두노동을 하면서 사 먹게 된 부두 앞의 난장 밥장수 아주머니들이 파는 밥 한 그릇이 썩은 꽁치 토막 하나라도 있으면 1,200원, 아니면 1,100원이었으니 기가 딱 막혔다.

이에 비해 부두 노동자의 노임은 낮일 양良이 1,800원, 대기에 걸리면 700원밖에 못 받았다. 작업시간은 밤낮 각 12시간, 야간작업의 경우는 양良이 2,200원, 대기는 낮의 경우와 마찬가지로 700원이었다.

일거리가 없을 때 걸리는 것이 대기인데, 그 무렵에는 원체 일손이 달려서 그건 드물었지만, 생각해보라, 낮일 12시간 노동에 난장밥 한 끼와 팥죽 한 끼니, 이렇게 두 끼니 값이었던 것이다.

그렇지만 지금에 와서 그 시절을 되돌아보면, 당시의 경상남도 부산시 사회과 관리들이나 일반 부산 시민들이나 일제 치하에서 풀려난 지 5년밖에 안 됐던 그 무렵에는, 38선 이북의 평양·신의주·청진·회령·원산·함흥·흥남·정주·해주·사리원·고원·영흥·문청·

안변·만포진 등지에서 별안간에 피난을 나온 사람들이나, 38선 남쪽인 서울·인천·청주·춘천·충주·수원·천안·용인·영주·보령·동두천·파주 등지에서 전란을 피해 피난 나온 사람들에게나 전혀 차등을 두지 않고 똑같이 대해 주었던 것이었다. 그 당시에는 그건 너무너무 당연했던 것이었다.

그때는 삼천리강산 속에 사는 누구나가 38도선이라거나 휴전선 따위를 지금처럼 남북을 차단한 국경선 이상으로 삼엄하게 생각들을 전혀 하지 않았으며, 남북 다 같이 5,000년 역사를 한 핏줄로 함께 살아온 한국 사람, 조선 사람으로 한 종족임을 너무너무 당연하게 알았던 것이었다.

2000년 8월 방북하여, 헤어진 지 50년 만에 북한에 살고 있는 누이동생과 처음 상봉하였다.

피난 수도 부산

부산 거리에 닿은 나에게 맨 처음 화듯한 온기로 가슴에 와 닿았던 것은 한 고서점이었다. 광복동에서 송도 쪽으로 나가다가 충무동 로터리 조금 못 미쳐 오른쪽에 있던 미문당서림美文堂書林.

그러니까 그 당시 '백두산 호랑이'로 일컬어지던 계엄사령부 민사부장 자리에 있던 김종원 대령 휘하의 헌병이 흰 화이버에 날씬한 사지 군복에 헌병 완장을 달고 카빈총을 메고 24시간 내내 입초를 서고 있던 계엄사령부 정문 앞을 지나, 아스팔트길로 된 다리 하나를 건너 바로 오른쪽에 있던 서점이다. 서점 크기에 어울리지 않게 간판만은 덩그렇게 컸었다는 기억이다.

그때 부산에 떨어진 피난민들 치고 38선 이남에서 왔건 38선 이북에서 나왔건 가리지 않고 누구나가 일단은 부두 노동을 할 밖에 다른 길이 없었을 것인데, 그 점 나도 예외일 수는 없었다.

그렇게 나는 수정동 피난민 수용소에서 나온 즉시, 이튿날부터 벌서 부산 제3부두의 하역 노동자가 되어 있었다. 작업 중의 점심은 부두 안의 식당에서 각 작업반 인원수대로 타다가 시멘트 포대 종이 같은 데다 각자가 받아서 먹었는데, 꽁보리밥에다 반찬이라곤 맨날 꼬들꼬들한 바다풀 한 가지뿐이었다 그러니 우리 같은 피난민들로서는 '얌생이'를 안 할 수가 없었다.

마침 제3부두는 그 바로 서쪽의 중앙부두와 마찬가지로 주로 미군의 식료품, 레이션이 하역되던 곳이어서 통조림 레이션 상자가 무더기로 쌓여 있었다. 미군 GI 경비원들의 감시를 피해 그걸 '얌생이' 해서 먹는 재미가 괜찮았고, 우리 피난민들의 주 영양 공급처 구실을 해주었다. 그렇게 우리 부두 노동자 모두가 뽀얗게 살들이 쪄 있었을 정도였다.

그러나 사람이 식음만 해결됐다고 해서 하루하루 살아갈 수는 없는 법이다. 잠자리야말로 더더욱 중요하였다. 사실로 그때 우리가 당면했던 또 한 가지 큰 문제는, 부두에서 일이 끝나고 나와서 그 다음 갈 곳이 막막하다는 사실이었다. 다시 말해 누워서 제대로 잠잘 곳이 없었던 것이다.

12월 9일 우리가 제1진 피난민으로 부산에 닿았을 때는 그렇지도 않았지만, 그 불과 닷새쯤 뒤 우리가 수용소에서 풀려났을 때는 뒤로 뒤로 각처에서 피난민들이 밀려와 부산 거리는 방 구하는 일로 온통 아비규환이었던 것이다.

그런데 마침 남부민동 어디엔가 고아원 하나가 있는데, 잘 데 없는 부두 노동자도 더러 받아 주는 모양이라고 토박이 반원 하나가 슬쩍 귀띔을 해주어, 한 동네서 나온 우리 몇몇은 물어물어 그곳을 찾아갔다.

본시 가죽 이기는 공장이었다고 하는데, 지금은 일이 없어 여러

개의 시멘트 구덩이에다 가마니때기를 깔고 한 구덩이에 네댓씩 기거하고 있었다. 아침저녁으로 밥이라는 건 제각기 받아다 먹는데 도저히 먹어낼 수가 없었다. 이를테면 영락없는 거지 떼거리였다.

이 고아원의 경영자는 경무대에서 이승만 박사의 비서로도 근무했다던 양반으로, 역시 피난을 내려와 그 공장 건물 옆 2층에서 온 가족이 기거하고 있었다. 우리는 그런저런 내용에는 애당초에 아랑곳이 없었고, 그런대로 잠자리가 생겼다는 것으로만 요행을 삼았었다.

생각해보면 환도 뒤 1955년 7월에 발표했던 내 처녀작 단편소설 「탈향」도 바로 이 무렵의 부두 노동 경험에서 나온 물건임에는 틀림없었지만, 이 자리서 새삼 밝히거니와 나는 그때 초량역 근처에서 실제로 화차살이를 한 일은 없었고, 단지 그런 피난민 가족 몇 세대를 보기는 하였었다. 그러니까 그 「탈향」은 내실을 이루는 부분은 완전히 허구였다. 주인공인 '나'를 비롯, 등장인물들 모두가 실제로 모델은 있지만, 도대체 화차살이를 직접 한 일은 전혀 없으니 한밤중에 화차에서 떨어져 한 팔이 잘려서 죽고 어쩌고 하는 그 소설의 알맹이들은 완전히 허구였던 것이다.

그런 그 작품이 1955년에 발표된 뒤 60여 년이 지나 미국 UCLA 대학에서 '1960년대 한국 소설 연구'를 한다는, 낯도 코도 모르는 테오도르 휴즈라는 청년에게서 그 소설을 번역하겠으니 허락해 달라는 청이 1994년인가에 왔을 때는 얼마나 대견하고 놀랍던지 흥분에 겨워 며칠은 밤잠을 설쳤을 정도이다.

운명의 끈

"사상가(작가)는, 자신의 쳐녀작 완성을 위해 평생 동안 작업을 한다."

누군가의 이 언급은 금년으로 꼭 60년 동안 글을 써 온 이 나에게도 너무너무 들어맞는 것 같다.

이미 25년이 지났지만, 1991년에 그 당시에는 신예 문학평론가였던 정호웅 씨가 내 첫 단편소설 「탈향」을 두고 다음과 같이 평해 주었다.

"이호철의 「탈향」은 얄팍한 인정주의와 돌아갈 기약 없는 고향(이북)에의 그리움으로 눈물이나 짜고 있는 감상주의와 단호하게 결별하고, 단독자로서 눈앞의 현실을 정면에서 마주 대하게 되는 한 젊은이의 내면 변화를 추적한 작품이다. 얄팍한 인정주의·감상주의와의 결별은, 완강한 반공이념에 근거한 소박한 휴머니즘과 비장한 영탄조의 50년대 소설과의 결별이라는 소설사적 의미를 지닌다. 우리가 「탈향」을 주목하고 이처럼 큰 의미를 부여하는 것은 주인공의 "탈향"이 새롭게 대면한 현실의 한복판을 향해 떠나는 여행의 출발이라는 단순한 사실 이외에도 우리 소설의 방향을 객관적 현실에 대한 구체적 탐구로 이끄는 선구적인 의미조차 지니기 때문이다."

이런 과남한 호평을 받았던 이 나라는 사람은, 1950년 12월에 월남했다. 기껏 길어본들 1주일이면 고향으로 돌아오겠거니 여겼었다. 그때 원산 근처에 원자폭탄이 떨어지게 되어 90리 바깥으로 피해야 살아날 것이라는 설이 퍼져서, 원산 거리 전체가 발칵 뒤집혔던 것이었다.

그 분위기에 휩쓸려 나도 허둥지둥 피난 대열에 섞여들어 중청리 집을 나섰던 것인데, 이 무렵의 이야기는 얼마 전의 모 신문에도 조금 밝혔었지만, 내 가난한 고3의 책꽂이에서 급하게 눈에 뜨이는 대로 일본어판 문고본 하나만 대강 뒤꽁무니에 꽂아 넣었었다.

그 책꽂이 옆 벽면에는 '로마에서의 괴테' 원색 사진 하나가 붙어 있었고, 그 바로 밑에는 투르게네프가 노상 스스로에게 다짐을 했었다는,

"너는 너 자신이 당장 쓰려고 하는 소설의 등장인물을 얼마만큼 속속들이, 온몸으로 느끼고 있는가?"

라는 구절을, 마치 나 자신이 매일, 매시간, 가장 명심해야 할 규범으로 곱씹도록 직접 휘갈겨 쓴 쪽지 하나를 붙여 놓고 있었다.

이를테면 이 무렵의 나는, 비록 18세에 불과했지만, 이미 이만한 수준의 열렬한 문학 소년으로, 시도 더러 끼적거렸지만, 앞으로 소

설을 쓰려고 마음먹고 있었다.

그러고 보면, 사람이란 너 나 할 것 없이 십대 말쯤이면, 대강 평생 동안의 기초적인 윤곽이 이미 정해져 있는 것이 아닌가 싶어진다.

따라서 10대 무렵의 왕성한 독서, 특히 문학 독서야말로 그 사람의 앞날을 방향 지어주는 데 가장 결정적인 열쇠가 되는 것이 아닐까. 적어도 내 경우는 그러했다.

아무튼, 앞에서도 말했거니와, 그렇게 닿은 부산 거리에서 나에게 처음 화듯한 온기로 가슴에 와 부딪힌 것은 한 서점이었다.

'미문당서림'이라는 그 고서점은 남부민동 숙소에서 3부두 일터까지 매일 도보로 드나들면서 내 눈에 띄게 되었다. 그리하여 어느 날 저녁에는 부두에서 하역 작업을 마치고 돌아오던 길에 그 서점엘 들렀다. 바깥의 간판이 덩그렇게 큰 데 비해서는 정작 서점 안은 좁은 굴속처럼 옹색하였다. 촉수 낮은 전등 밑에 사람 하나가 겨우 드나들게 되어 있는 통로 양쪽으로 책들이 빽빽하게 꽂혀 있는 저 안쪽 깊숙한 곳에 40대 중반쯤 되어 보이는 훤칠하게 잘생긴 사람 하나가 앉아 있었다. 대개가 일본책들이지만 고본옥古本屋 치고는 바깥 간판뿐 아니라 주인도 제법 시원하게 생겼다.

한데 어느 순간 내 눈을 확 끌어당긴 책들이 있었다. 안톤 체호프의 희곡집 네 권이 가지런히 꽂혀 있지를 않은가. 그 무렵 나는 북한에서 이미 중·고등학교에 다니면서 19세기 러시아 문학, 프랑스 문학 등에 흠뻑 빠져 있었는데, 특히 안톤 체호프를 무척 좋아하고 있었다.

그런데 이미 1950년 그때의 원산에는 일본 책을 취급하는 서점은 사그리 없어져 있었던 것이었다. 그런데 이 부산바닥 서점에는 저렇게 일본어로 된 안톤 체호프가 버젓이 당당하게 서가에 꽂혀 있었다. 나로서는 참으로 가슴이 울렁거릴 정도로 희한하였다.

나는 두 말 없이 그 희곡집 네 권을 샀다. 주인도 말 한마디 없이 시종 뚜웅하게 그 책 네 권을 포장해 주었는데, 그 돈으로 말한다면 바로 원산에서 집 떠나올 때 부친께서 큰마음 먹고 내주신 그 한국은행권 5,000원짜리 한 장이었다.

그 무렵 국군이 마악 수복해 올라온 때여서, 북한에서도 본래의 북한 화폐와 남한의 한국은행권이 마구잡이로 뒤섞여 통용되고 있었는데, 국군이 수복해 올라오기 전의 북한 화폐 5,000원 한 장이면 황소 한 마리 값이다. 그 황소 한 마리 값으로 나는 서슴없이 체호프 희곡집 네 권을 샀던 것이다.

그리하여 북에서 같이 월남해 왔던 한 문중의 20촌 안팎의 아저씨뻘이 되는 사람(뒤에 내 처녀작 단편소설 「탈향」 속의 광석이 아저씨)이 꿍얼꿍얼하듯이 한마디 하였다.

"도대체 그걸 언제 어디서 어느 틈에 읽겠다는 거니? 그거 읽어낼 데가 어디 있느냔 말야. 야아가 아직 정신이 덜 들었구나."

"……"

물론 나도 대꾸 한마디 못하였다. 백 번 천 번 옳은 소리고 지당한 말씀이었던 것이다. 그러나 그럼에도 정작 나는 그 이상 기분 좋을 수가 없었다.

물론 그 책들은 그로부터 55년이 지난 지금에는 언제 어디서 없어져 버렸는지, 수없이 이사 다니는 동안에 잃어 버렸는지, 아예 바스라져 없어졌는지, 내 손에 남아 있지는 못하지만, 이 나이가 되어 다시 가만히 돌아보면 그것은 오늘의 이 '나'라는, 지금도 이 글을 끄적거리고 있는 이 땅의 소설가로 존립하게 된 근거로서의 가장 기본적인 어떤 것이 아니었을까?

바로 문학에 대한 내 어릴 적의 그만한 열정, 현실적인 타산으로써는 도저히 해낼 수 없는, 그 일을 서슴없이 해낼 수 있었던 그 나이 때의 열정이랄지 충동이랄지 만용이랄지가 그로부터 반세기 넘어 오늘의 이 '나'로 결실된 것이 아니었을까?

하지만 70 고희도 지난 이 나이가 되어본즉, 새삼 아쉬운 점 한 가지가 남는다. 그 책들은 아버지가 나와 헤어질 때 나에게 끝으로 주신 돈으로 구입한 것이다.

그러니까 아버지께서는 우리 부자간의 이승의 인연으로는 그때 그렇게 끝날 것임을 미리 예감이라도 했던 것이었을까? 아무튼 그 책 네 권은 나에게 있어서는 아버지가 이승에서 끝으로 남겨준 마지막 유물에 다름 아니었다.

그걸 지금 내 손에 못 갖고 있다는 이 아쉬움을 어쩔 것인가. 만일 그것이 남아 있었다면, 사망 날짜 모르는 조상 제사는 음력 중구仲九날, 9월 9일자로 모신대서, 벌써 30년 전부터 조부모와 부모님 제사를 모시고 있는 자리에라도 아버지의 유품으로 그 책 네 권을 제상祭床 위에 올려놓을 수가 있을 것인데……

소설 「소시민」의 탄생지 제면소와 다방 밀다원

내가 그 당시 이 나라의 임시수도가 되어 있던 부산에서 우리 문단과 활자로나마 처음으로 대면할 수 있었던 것은, 그러니까 1951년 초였다.

한 달 넘게 부두 노동을 다녔지만 남부민동 고아원의 웅덩이 속 잠자리도 그렇고, 부두에서의 미군 레이션 속의 통조림을 얌생이해서 먹는 재미는 그런대로 괜찮았지만, 한겨울 밤의 시멘트 하역 작업 같은 것에 걸리면 아주 아주 고역이었다.

이리하여 사방으로 물색 끝에 용케도 얻어 걸린 것이 초장동에 있던 한 국수공장제면소였다. 가로로 여닫게 되어 있는 꾸정꾸정한 유리문에다 초등학교 아동의 산술 공책 한 장을 뜯어 아무렇게나 써 붙인 것 같은 '직공 1명 구함' 쪽지를 보고 덮어놓고 들어갔던 것이다.

이때의 일은, 국내 평단에서 줄곧 내 대표적인 장편소설의 하나로 꼽아온 터이고, 스페인어 번역판이 1999년에 멕시코에서 출간되어

1950년대 초, 임시 수도 부산에서의 문인들

있을 뿐만 아니라, 독일어와 중국어로도 번역이 완료되어 있는 「소시민」 첫 장면에 나오고 있거니와, 바로 그렇게 직공으로 채용이 되었다.

한데 세 끼니 먹고 등 뜨습게 잠재워주고 그 당시 화폐가치로 매달 2만 원씩인가 준대서 귀가 솔깃하였지만, 겪어본즉 그 일도 만만치 않게 힘이 들었다.

우선 가장 질색인 것이 새벽 한 시나 두 시에 일어나서 일을 시작해야 하는 점이었다. 그렇게 오후 서너 시까지 오직 그 일에만 몰입을 해야 하는 것이다. 우리 직공 네댓이 잠자는 뒤쪽 행랑채에는 전깃불도 달아주지 않을 정도로 주인은 인색하였다.

그렇게 비로소 저녁시간 한때나마 신문이라도 읽을 기회가 있었는데, 원체 한창 전시 때라, 서울에서 피난 내려온 중앙지라는 거며, 부산에서 그 당시의 명실공히 대표적인 신문이었던 국제신보며, 하루 분 신문이 통틀어 4면짜리였다.

그날따라 그 신문의 문화면 소식란에는 프랑스 작가 앙드레 지드의 1주기 기념행사가 며칠 뒤 글피 저녁 일곱 시에 광복동의 '밀다원' 다방이라는 데서 있을 것이라고 조그맣게 나와 있었다. 나는 그 소식란 쪽지를 오려내서 간수한 채 제면소 안의 이 사람 저 사람에게 그 다방이 어디 있는지 아느냐고 돌아가면서 물어 보았다. 그러나 누구 하나 알 턱이 없었다. 별안간에 자다가 웬 봉창 뜨는 소리냐는 듯이 물끄러미 쳐다볼 뿐이었다.

"밀다원? 그게 이를테면 홍차 커피 판다꼬 허는 그 다방 이름이라는 것까. 대체 그게 니하고 무신 상관이 있다꼬 거퍼거퍼 자꾸만 물어 쌓노, 물어 쌓길. 귀찮거로. 니나 내나 같은 헹편에 니 모르는 걸 나락꼬 우찌 알겠노 말이다."

같이 일하던 남해 사람 곽 씨는 이렇게 짜증까지 부렸지만, 지성이면 감천이라던가, 끝내는 알아냈다.

늘 바깥으로 나돌며 자전거 꽁무니에 국수 상자를 산더미로 올려 싣고 배달 일을 하는 속칭 '날라리'라고 불리던 주인의 매부 되는 사람이 말했다.

"밀다원이라꼬? 바로 요 아래 광북동에 안 있나. 걸어서 10분이면 가지. 근데 와 그러노? 2층 집으루다 큰 다방이지만, 차라리 그 무슨 공공건물 비슷한 기라. 세무서 같은 것으루 쓰면 맞춤하게 생긴 건물이지. 앞에 큰 공터도 있고, 큰길에서 조금 언덕바지로 휘어져 올라가 다스리 오른쪽으로 덩실하게 서 있능기라."

그리곤 갑자기 조용해지는 눈길로 나를 빠안히 한번 쳐다보았다.

"근데 니가 거긴 와 묻노? 대체 니가 거길 한번 가보겠다는 꿍심

인감? 야아가 아즉 세상 모리네. 그긴 썬글라스 낀 사람이 주로 드나드는 곳잉기라. 니 썬글라스라는 건 알제? 색안경, 와 안 있나. 요 아래 백두산 호랑이 김종원이 휘하의 계엄사령부 합동헌병들 말이다. 그네들도 썬글라스를 쓰고들 있지만, 밀다원인강, 뭔강, 거기 드나드는 사람들도 거지반 썬글라스를 끼고 있나보던데, 니 썬글라스 있나? 색안경이 있나 말이다, 내 말은. 대체 니가 난데없이 거긴 와 묻노? 니 주제에 거기 뭔 볼일이 있노 말이다."

마주 대꾸해 보았자 밑천도 못 건질 것이어서 나는 그냥 우물쭈물 마렵지도 않은 소변을 보러 뒷간으로 가버렸지만, 드디어 이튿날 저녁에는 가만가만 사전답사까지 끝내고 당일에는 결행하듯이 용약 그 '밀다원'을 찾아 나섰다.

문학의 의지

그때 나는 이렇게 생각했던 것이었다.

"그렇다. 거길 가면 이 나라에서 현재 내로라하는 소위 글깨나 쓴다는 문학인이라는 사람들을 만나볼 수 있겠지. 그런 분들을 먼발치로라도 볼 수가 있겠지."

그런데 다방 앞까지 찾아가기는 하였지만 안으로 들어가 보지는 못하고 다방 앞 공터 초입 한구석에 10분 정도 서 있다가 그냥 돌아서고 말았다.

아아, 그날 저녁, 그렇게도 따뜻해 보이던 그 2층 '밀다원'의 다방 불빛! 그것은 바로 그 당시 우리 문단에 대한 내 애틋한 그리움이 아니었을까. 그때의 나는 아직 한 번도 다방이라는 곳에 드나들어본 경험이 없었던 것이었다.

그때 '밀다원' 다방에 못 들어갔던 일은 지금에 와서는 후회막급이다. 지난 1995년 6월에 세상을 떠난 김동리의 '밀다원 시대'라는 단편소설이 있을 정도로, 우리 문단사적으로도 부산 피난 시절의 어느 한 시기는 '밀다원' 다방으로 함축되어 있었던 것이 아니었을까.

따라서 그때 겁먹지 말고 배짱 좋게 다방 안까지 들어갔어야 했다. 그랬다면 오늘 이 글을 쓰는 데 있어서도 좀 더 생생한 현장을 담아냈을 것이 아닌가. 다만 그 몇 년 뒤 1955년 여름, 문단에 첫발을 들여놓고 나서야 몇몇 선배들에게서 '밀다원' 시대 이야기를 더러 들을 수 있었다. 그중에서도 가장 충격적인 것은 전봉래 시인의 자살이었다. 다방 안에서 커피에다 뭔가를 타서 마시고 그냥 그 자리서 자살을 했다던가.

부산 피난살이가 여북 힘들면 그랬을 것인가. 혹시 또 모른다. 꼭 하루하루 살아가기가 힘들어서라기보다는 당시 우리나라가 처해 있던 전체 상황에 대한 시인 나름의 시적詩的 공분에 따른 절망이었는지도.

MBC 〈명작의 무대 - 분단시대의 증인 이호철〉 출연 당시, 장편 『소시민』의 무대인 부산을 돌아보고 있다.

그 점은 그이를 한 번도 맞대면한 일이 없어 정확하게는 모른다. 하지만 어느 쪽이었건 그의 자살은 오늘에 와서 돌아보면 우리 문단 역사의 당대적 절망의 빛나는 한 점点 구실은 하고 있는 것 같다.

적어도 우리 문단 이면사의 당대적 자취로서 그 삽화 한 토막도 없었다면 차라리 얼마나 삭막했을까, 하는 생각마저 든다. 그이 혼자서 당대 우리 문단의 자존심을 그렇게 온몸으로 지켜냈다고 볼 수도 있지 않을까.

마침 그의 계씨 되는 분이 전봉건 시인으로, 환도 뒤 충무로 어디엔가 있을 때라던가 '문학춘추' 주간을 맡고 있을 때 더러 가까이 어울리면서 슬그머니 물어보기도 했었지만, 형님의 자살 건에 대해서만은 끝까지 한마디도 발설을 않던 것이었다. 형님의 죽음은 그 정도로 상처가 컸던 것 같았다.

그리고 참, 지난 10년가량 같은 예술원 회원으로 친숙하게 지냈던 망자의 형님뻘이던 음악가 전봉초 씨도 원체 세월이 많이 흘러선가, 그저 담담하게 웃으면서 그 이야기는 피했었다. 그이도 끝내 지난해에 세상을 하직하였다.

세월이 흐르면 모든 것은 그렇게 바래지게 마련인가. '밀다원' 다방에서의 전봉래 시인의 자살, 그런 일이 있고 나서 그 뒤로 부산의 문인들은 아예 그곳을 떠나 남포동 쪽 지금의 원산면옥 맞은편 골목안 오른쪽의 아담한 1층 다방 '금강'으로 옮기게 되는 것이다.

그러고 보면 또 하나, 부산 피난시절의 우리 문단 이면사 중에서도 가장 충격적인 것 중의 하나는 바로 김동리와 손소희의 뜨거운 사랑이다. 이 이야기야말로 백미가 되지 않을까.

1975년. 김동리 선생과 함께. 왼쪽에 한말숙, 황순원

두 분께서 살아 계실 때에는 우리 문단 성원 중 누구 하나 그 이야기를 꺼내기조차 아예 꺼려했던 것인데, 이미 두 분 다 고인이 된 이 마당에서는 사실대로 밝히는 것도 괜찮을 성싶다. 더구나 그 시절을 같이 살았던 선배들께서도 거개가 이젠 세상을 떠나고 안 계시니, 사실을 나름대로 알고 있는 불초 소생 같은 사람이 한번 나선들 크게 결례는 되지 않을 것이라는 생각이 들기도 한다.

특히 동리께서는 1955년 7월, 20대 초에 내가 문단에 첫 데뷔했을 때부터 남달리 애정을 보여 주셨고, 이 점 지난 1995년 운명하실 때까지 일관하셨다. 나대로도 그이는 미당, 황순원과 함께 우리 작단의 영원한 스승으로 모셨던 것이어서 저승에서도 깊이 이해하시리라 믿는다.

고등학교 시절의 활동,
그리고 『남녘사람 북녁사람』

1.

내가 소설이라는 것을 처음으로 써 본 것은 1947년 가을, 해방 직후 원산에서였다. 고등학교 1학년 때 겨우 열여섯 살이었다.

이렇게 처음으로 써 본 것은, 「공휴일」이라는 제목 속의 짧은 단편소설이었다.

그 당시 원산 거리 북쪽 끝에 살았던 최인준이라는 기성 작가가 한 분 계셨고, 바로 그이가 내 그 소설을 한 번 읽었었다.

그때 우리네 원산고등학교 '문학서클'을 지도하셨던 교장은, 일제시대 때는 일본의 경도京都대학 철학과 학생이었고, 그 뒤 1945년 초기 2학년 때는 "북한의 강원도 공산주의 도당道黨" 쪽, '간부양성소'의 책임 교사로도 계셨었다.

하지만 그이께서는 그 자리(북한 초기체제 곳곳의 공산당 간부들을 새로 길러냈었다는 그 자리)를 어느덧 무척 혐오하고, 본인 자신의 새로운 뜻에 따라 원산고등학교 어린 학생들을 가르치는 쪽으로 새로

부임해 오셨던 거였다.

그렇게 불과 몇 달 전부터 원산의 고등학교 교장을 맡으시면서, 그이 본인부터가 어린 학생들의 "문학서클" 지도에만 뜨겁게 열을 올리셨고, 그 고등학교 학생들도 바로 이 사실을 너무너무 분에 넘치게 영광스러워하며 엄청 고마워했었다.

한데 끝내는, 괴이한 일 한 가지가 차츰 생겨나기 시작하였다.

그 교장 선생님께서 하루하루 사시는 것은, 그냥 본인 취미대로만 철저하셔서, 원산 시내에서 철학교수들이나 현역 소설가 같은 분들과 저녁이면 서로 만나 술 몇 잔정도 마시며 즐기거나 했었는데, 그 무렵의 어느 날인가에는 시내 단골 술집 아줌마 하나가, 외상값을 받으러 그이 학교의 교장실로 찾아오기도 하였었다.

그런 때는, 그이의 비서로 근무했던 최창호라는 젊은 교사는, 이 일 자체를 몹시 안 좋게 취급, 자신의 그 상관 격인 이형일 교장 선생님을, 그 원산 시내의 "공산당 기관"에까지 직접 고발을 하기도 했었던 전문가였다.

그 최창호 교사라는 자는, 그 무렵에 이 해당 고등학교 전체의 훈육주임까지 맡아, 차츰 이형일 교장 선생님 비서 겸 공산당 감시역까지 주로 맡고 있기도 했었고, 그러면서도 문학 쪽으로는 애당초부터 별로 취미라곤 없었던 풋내기였다.

그 무렵에 그이는 덕원 농업학교 출신으로 머리는 조금 좋은 편이었으나 집안은 무척 가난한 가난뱅이로서, 한때는 "내" 작은 누나와 혼담까지 바랐었으나, 내 부친께서는 그 자를 아예 거부, 그 교사는 내 아버지께도 크게 반발하며, 결국 어렸던 나에게도 안 좋은 감정을 갖고 있어, 나도 나대로 이미 그런저런 눈치까지 알고는 있었다.

특히 그 최창호는 학교 주변에서도 머리는 좋은 편으로 소문은 났었으나, 문학 면에서는 거의 불능자로 취급되고 있기도 하였다.

결국은 이 최창호 비서라는 자의 그 무렵 북한체제 공산당 기관 안에서 보냈던 그 악랄한 밀고 같은 점으로 하여, 우리네 이형일 교장 선생님이나 그 고등학교의 새 교사들께서도 그이에게서 곧장 쫓겨나, 평양 쪽의 영어·프랑스어·독일어 번역자로 쫓겨 가기에 이르렀었다.

더구나 그 쫓겨나던 기한은 원산에서도 1개월 정도로 늦어, 그이들의 날짜는 조금은 남아 있었다.

우리네 학생들도 뒤늦게 그 일, 이형일 교장 선생님께서 원산고등학교에서마저 별 수 없이 쫓겨나게 되는 일에 대해, 무척 안 좋게 생각들을 했었지만, 학생들로서도 달리 별 방법이라는 것은 없었다.

물론 이형일 교장 선생님도 그런 쪽의 취급을 당하면서, 그대로 쫓겨날 길 이외에 그이대로도 달리 방법이 없기는 역시 매한가지였다.

단지 그 이형일 교장 선생님께서는, 이 원산고등학교의 각 학급을 한 차례씩 돌며, 마지막으로 질의 응답 식으로 중요한 시간만은 한 차례씩 갖겠다고, 대강 뚜렷한 일 한 가지만은 가지고 계셨었다.

이런 일들도, 물론 상부의 공산당 쪽에서는 심히 못마땅해 했었던 것 같기는 했었지만. 그렇게 쫓겨나시게 되는 이형일 교장 선생님이나 우리네 학생들의 그런저런 일까지를 강제로 죄다 막아낼 수만은 없었던 것 같았다.

결국은 그렇게 이형일 교장 선생님은, 한 달 간쯤 남아 있던 그 날짜들 중에, 단지 우리네 학교로 한 번만은 나와서 각 학급에서 학생들과 한 차례 중요한 대담만은 나눌 수가 있게 되었었다.

그렇게 일단은, 이 학교에서 쫓겨나게 될 교장 선생님에게, 요긴하게 하고 싶은 일들만은 무엇이든 한 차례씩 물어 보라고 하여, 우리네 학급에서도 두 사람씩 일단 그 질문만은 내놓기로 되어 있었다.

물론 이 질문들에 대한 이야기들도, 교장 선생님 뜻대로 하게끔 추호 부분을 정해 두기는 했었다.

"다음요, 다음으로 또 한 분, 질문해 보세요." 하며, 첫 번째 질문은 그냥 짧게 끝내, 그 다음으로는, "나"도 손을 들었었다. 그리고는 다음과 같이 질문을 하였다.

"저의 질문은 다음과 같은 내용입니다." 하고는,

"문학 책의 경우, 읽어 보면 대강 두 가지가 느껴집니다. 그 하나는, 읽어내는 책의 내용이 그 문장으로서 그 책 주인공들의 실제 모습이 깊숙하게 와 닿는 경우가 있는 것 같은데, 어떤 책의 경우는 문장 자체의 특색은 일단 특이해 보이지만, 읽어낸 전체 감상은 구체적으로 와 닿지는 않은 경우도 많아 보입니다. 이런 경우, 그 어느 쪽을 중요하게 여겨야 하겠는지요?"

그러자, 이형일 교장 선생께서는, 금방 신명을 내며, 나름대로 엄청난 생동감부터 느끼시는 것 같았다. 그리하여 금방 바로 질문한 이 "나"라는 학생 쪽부터 두 눈으로 힘을 주듯이, 잠시 동안 뜨겁게 쳐다보시기부터 하였다

그렇게 얼마간이 지난 뒤에, 다음과 같이 이야기를 시작하였다.

“소설을 읽으려는 데 있어서, 가장 중요한 것은 무엇이겠는가. 우선은 ‘문장’과 ‘구상構想’이라는 것부터가 있겠지. 당장 읽어내려고 한 소설의 대체적인 윤곽은, 그 읽는 쪽에서도 미리 정해둘 필요가 있겠지만, 처음 읽기 시작하는 그 과정 자체에서부터 자연스럽게 생명의 기氣가 뿜어 나오며, 구성부터가 다가들 테지.

이를테면 그 어떤 ‘윤곽의 부식腐蝕’ 같은 것부터 슬슬 일어나며, 비로소 제대로의 소설 문장 같은 것이 선명하게 다가들 수가 있는 것이거든. 상황이 그냥 논리적으로만 진행될 때는, 일단 진실성은 있어 보이지만, 더러는 상투적·기계적으로 떨어지게 되며, 진정한 감동까지 뜨겁게 생생하게 살아오듯이 수반해 오기는 힘들 것이다, 이것이야.

논리성과 내발성內發性, 필연과 자유가 진정으로 얽혀져서 하나의 강한 유기체로 태어날 때, 비로소 제대로의 진짜배기 ‘소설’이라는 것이 실제로 태어나게 되는 것이지.

이 대목에 제대로 들어맞는 ‘소설’은, 요즘에는 너무너무 드문 것 같아요. 그 점, 지금 방금 질문한 이 학생만은, 내 이 말을 제대로 대강 알아듣기는 하겠지만, 그 젊은이 밖의 여느 학생들은 어떨까? 진정으로 어떨까? 이 ‘나’라는 사람으로서도, 참으로 어렵게 이 한 학생을 모처럼 만난 것으로서, 엄청 드물게 요행이었으며, 두고두고 행운이었던 것으로 받아들이게는 되는구먼. 내가 그간에, 이 학교에 이런 식으로 근무했었다는 그 엄청 좋았던 점도, 바로 지금의 이 학생을 이렇게 진짜배기로 만난 덕이라고까지 느껴지는구먼.

문학이라는 것, 자연주의니 사실주의니 형식주의니 리얼리즘이니 그러저러한 언급들이 수다하게 많지만, 그런 소리들도 그냥 알맹이들은 없이 전혀 애매하게 돌아가고는 있지만, 방금 질문한 저 학생이, 비로소 처음으로, 이 '나' 같은 사람과 직접 이렇게 만나게 된 것, 이 점만은, 어쩜 앞으로도 몇 십 년 간 동안이나, 엄청 요행이었을 것으로 될지도 모르겠어. 알겠는가?

'나'도 그렇지. 당장 이 학교에서는, 바로 이렇게 오늘의 우리네 공산당 당국의 움직임에 따라서 쫓겨나고 있지만, 그렇게 이 학생과도 앞으로는 어쩜 만날 수도 없게 될지도 모르지만, 앞으로도 몇 십 년까지도 두고두고, 오늘 이 자리에서의 이 일만은, 이 '나'와 단둘이 겪은 바로 이 순간 이 학생의 이 일만을, 꾸준히 기억해 둘 것으로 스스로도 믿어지면서, 틀림없이 오늘의 이 분위기까지도 아주아주 잊지 못하고 든든해질 수도 있겠는 것을, 이 '나'는 벌써 이 순간부터 알아두고 있겠어. 알겠는가? 그러니 지금의 이 일이, '나'와 저 어린 학생이 앞으로 몇 십 년 간 혹은 백년 가까이나 지나갈 참이면, 지금 이 순간에도 이 '나' 같은 사람으로서는 엄청 고맙게까지 느껴지게 되겠구먼. 내 이 소리, 과연 알아듣겠는가?"라고.

2.

그밖에 또 한 사람, 황수율이라는 평양교원대학교를 졸업하고 나온 젊은 선생님이 또한 원산고등학교 선생님으로 새로 부임해 오셨는데, 바로 1947년경이었다.

그이는 그렇게 우리네 학교로 나오신 첫날에, 전체 학교 안의 각 학급 벽보부터 깡그리 돌아보고 나서, 첫 강의에 들어서는 고2, 고3

의 학급들에게 첫마디로 "이 학교 전체 학급의 벽보부터 사그리 둘러본 소감" 운운하였는데, 2학년 2반의 모모라는 학생의 '글' 한 편이 오로지 자기 눈에 뜨겁게 보인다며, 내 이름 석 자부터 몇 마디 강하게 운운하였다

물론 그 선생님께서는 우리네 학급에 처음으로 들어서서도, 우선 내 이름부터 처음으로 부르며 한 번 일어서라고 하여, '나'도 놀라며 벌떡 일어섰더니, 그이의 첫마디도 바로 특별하고 무척 놀라웠다.

'자기는 이 학교로 부임해 오자마자, 전체 학급의 벽보들부터 죄다 둘러보았는데, 방금 거명한 모모의 글들만이 오로지 자기 눈에 뜨겁게 보였다'고 하던 아주아주 구체적인 점이었다. 그 첫마디는 참으로 놀라웠는데, 바로 그 뒤의 몇 마디가 특히 놀라웠다.

"현재 이 고등학교 2학년 2반의 학생인데, 내가 보기로, 이 학교에서의 이 학생의 현재 수준은 완전히 엄청 넘어서 있다. 그래서 나는 이 학생을, 그냥 이 원산이라는 거리에서 그냥 평양의 우리네 학교 학생으로, 당장은 내 깊은 뜻으로, 곧장 금방 끌어올려야 하겠다. 이 젊은이의 아버지에게도 나는 이미 내 뜻을 밝혔다. 일단 모든 업무를 통틀어 당장은 이 뜨겁고도 요란한 나에게 온통 맡기라고.

'내'가 그 아이를 당장 평양으로 불러 도와줄 터이니, 그 아이의 집에도 '일단은 나에게 맡겨 둬라. 염려일랑 전혀 하지 말고. 앞으로 모든 일을 바로 이 내 수준으로 엄청 내 뜻대로 해 가겠다, 아시겠는가. 내가 당장은 혼자서 이 일을 뜨겁게 하겠소이다.'라고."

글이라는 것으로 만천하를 뒤덮듯이, '나' 자신의 이름부터 엄청 날렸던 것은 바로 이 일이 난생 처음이어서, 그 뒤 원산 시내 모모

여자고등학교며 여자사범학교며 공업전문학교며 수산전문학교에서도 죄다가, 그런 쪽으로는 내 이름 석 자부터 알려졌던 것이다.

그렇게 벼락치기로 논설에 수필에 칼럼에 잡문에, 다음 주의 학급 목표 등등을 급하게 써 넣었고, 내가 쓴 그 글들의 틈새마다에다 그 모모께서 삽화랍시고 물감으로 그림까지 채워 넣기도 했던 것이다.

한데 마침 그 당시 소위 "미소 공동위원회"가 깨지면서 남쪽에서는 이승만 박사의 주도로 우리나라 문제를 유엔으로 이관시키자는 쪽으로 가닥이 잡혀가고, 이에 반해서 북쪽에서는 아예 소련군 환송 분위기로 신문 방송마다 거의 아우성이 되기도 했을 것이다.

그렇게 제비 따라 강남 가듯이, 그때의 '나'도 「아아 그대들 가는가!」라고 소련군 환송 글이랍시고 급하게 몇 줄 휘갈겨 썼던 물건들도 있었는데, 바로 이것이 평양교원대학을 갓 졸업해서 우리네 원산고등학교로 새로 부임해 오셨던 그 젊은 황수율 선생의 새 눈길에도 뚜렷하게 잡혀서, 그이께서 첫 부임하셨던 초에 톡톡히 재미를 느끼고 맛보게 되었다.

그리고 그보다 앞서, 바로 학교에서 거론됐던 1947년 난생 처음으로 나왔던 그 「공휴일」이라는 소설도 실은 별것은 아니었다.

그 무렵 어느 토요일, 학교서 마악 파하여 집으로 혼자 돌아오던 일과, 마침 그렇게 집으로 돌아온즉 우리 집 마당에서는 그해에 마악 추수해 들였던 그 콩인가 무엇인가를, 우리 집 일꾼들 몇몇이 도리깨질을 하면서 마당 가득히 먼지를 피우고 있었는데, 바로 그 정경을 그저 본 대로 느낀 대로, 스적스적 단편이랍시고 대강 몇 자 썼던 것이었다.

그러니까 이 물건도, 그 우리네 학교 문학서클의 그 교장 선생님을 통해서만 같은 원산의 그 소설가 한 분에게도 읽히게 됐던 거였다.

아니, 그 이전에 또 한 가지가 있다. 1946년 마악 추석이 지난 무렵이었다. 짤막한 시 한 편을 이 '나'라는 아이가 또 문학서클이라는 데에다 제출, 역시 그 서클을 지도하시던 이 교장 선생님께서, 바로 그때 같은 원산의 여자고등학교 교장이셨던 시인이자 전문가이기도 하셨던 박경수朴庚守 선생께도 역시 보냈던 모양인데, 그이도 나는 한 번도 직접 뵙지는 못하고, 다만 본시 남쪽의 경상도 밀양 분이라는 것과, 한문자漢文者 성향만은 뚜렷하게 기억해 두고 있어, 부러 이 자리에서도 그 한문자까지 이렇게 적어 놓고 있거니와, 그때도 돌려받은 내 그 시라는 것을 본즉

"하늘 한가운데
사흘 달이 외롭고,
그 곁에
샛별의 번뜩임
신기롭다"

라는 짧은 몇 줄에 붉은 색연필로 줄을 그어 놓고 있었다.

나는 그때, 그 부분을 혼자서 수백 번은 뇌었을 것이다.

여북하면 그로부터 70년가량이나 지난 지금까지도, 그 부분만은 이 정도로 달달 외우고 있을 것인가.

그이께서 도대체 여기에다 왜 붉은 색연필로 줄을 그어 놓았었는

지, 그때의 나로서는 도무지 알 수가 없었던 것이다.

그때 겨우 16세의 어린 나이로, 맑은 하늘에 사흘 달과 그 곁에 샛별이 번뜩이던 광경을 본 대로 느낀 대로 적어 두었던 것이, 그이 가슴에도 기별이 가 닿았던 것이 아니었을까.

그 무렵 어느 날 늦은 저녁에, 우리 집 뒷동산의 도롱메 소나무 밭에 혼자 올라갔다가, 하늘 한가운데의 그런 광경을 보았던 기억만은 어제 일처럼 지금도 생생하다.

그리고 내 문학과 관련된, 북한에 살았을 때의 일로 꼭 이 자리서 털어놓아야 할 것의 또 한 가지는, 1950년 초 여름, 시험을 치렀을 때의 작문 제목이 역시 소련군 철수와 관련된 것이었다는 점이었다,

이때 나는 "까아챠"라는 러시아 소녀까지 등장시키며, 짧은 소설 한 편의 묘한 이야기 한 토막을 비로소 처음으로 글로 썼었는데, 이게 또 화제가 되어, 당시 우리 학교 교장 선생님까지 그걸 읽고 나서 나를 특별히 불러, 어쩌고저쩌고 몇 마디 나누기도 했던 것이었지만, 그 뒤 금방 6·25가 발발하여 3학년 전원이 군으로 동원되었었다.

그렇게 동원되었을 때도 나는 어디선가 굴러 들어온 까만 가죽 커버의 성서 하나에 무엄하게도 칼을 들이대어, 그

〈여름방학 때 친구와 함께〉

가죽 겉의 표지만 뜯어 자그마한 노트 하나까지 장만, 그 뒤 석 달 동안의 일을 깨알처럼 써 두었었는데, 나로서는 이를테면 첫 "작가 노트"였던 셈이었으나, 이것마저 그 해 10월 초, 남쪽의 한국군에게 포로로 잡힌 뒤, 강릉 거리 어느 하수구에다 "글 조각"을 그냥 버렸던 것은, 지금 생각으로도 무척 아깝고 아쉽기 짝이 없다

소설로 쓰자는 '소설' 이야기는 안 하고, 일단은 웬 어린 시절의 제 자랑인가 할 터이지만, 원체 소설이라는 것이 그런 것이다. 실제로 쓸 이야기까지 이르려면 일정하게 뜸들이듯이 딴청도 피우고, 잡소리 비슷한 것도 끼게 마련이었던 것이다.

실제로, 소설이란 요컨대 사람살이를 쓰자는 것인데, 이 자체부터가 얼마나 잡스러운 것으로 꽉 차 있는가. 바로 그 인생살이 잡스러운 속에서 어느 알맹이 하나를 건져 낸다는 일이 여북 힘든 일일 것인가.

내가 50년 넘게 소설이라는 것을 써 오면서, 이제는 이 나이로 접어드니까 더러는 조금 묘해질 때도 있다

지금 85세 나이지만, 그 무렵에 겨우 원산에서 고2 때였던가, 바로 북한에서 처음 우리네 학교로 교사 자격으로 침입해 들어오셨던 저 황수율 선생은.

3.

1984년부터 1996년까지 10년간에 걸쳐 쓴 연작 장편소설 「남녘사람 북녘사람」은, 내가 1955년 24세 때 단편소설 「탈향」을 발표하면서 처음 썼던 작품이다.

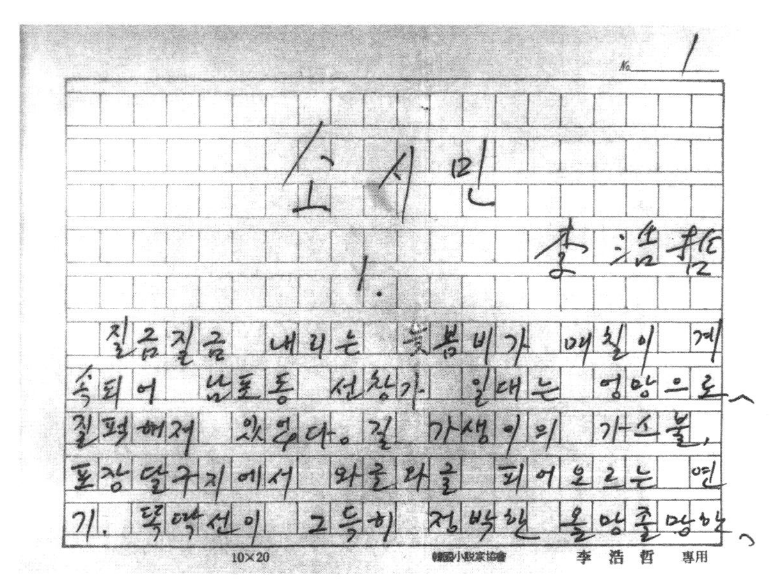
No. 1

소시민

李浩哲

1.

질금질금 내리는 늦봄비가 며칠이 계속되어 남포동 선창가 일대는 엉망으로 질펀해져 있었다. 길 가생이의 가스불, 포장달구지에서 와글와글 피어오르는 연기. 똑딱선이 그득히 정박한 올망졸망한

10×20 韓國小說家協會 李浩哲 專用

소시민 원고

소설가로 첫 데뷔한 뒤 20년이 지난 53세부터 65세, 소설 쓰기로는 가장 무르익었던 한창 나이에 써낸 작품들이다,

그러니까 이 소설이 나오기 20년 전이던 1965년에 내놓았던 장편소설 「소시민」이, 그때까지는 우리네 비평가들 사이에서도 나의 대표작으로 흔히 공론화되어 있었고, 실제로 겉으로 나와 있기도 했었다.

하지만 그 뒤, 80년대도 중엽에 들어, 「세 원형 소묘」(1983), 「남에서 온 사람들」(1984), 「칠흑 어둠 속 질주」(1985), 「변혁 속의 사람들」(1987), 「헌병 小史」(1996), 「남녘사람 북녁사람」(1996) 등을 잇따라 10년 너머에 걸쳐 써 내어, 이 작품들이 한 묶음으로 1996년에 단행본으로 첫 출간되면서, 그간에 내가 써 냈던 내 작품 전체에 대한 평가도 조금씩 변하기 시작하였지만, 그 속도는 "나" 본인으로서는 그다 만족스러운 것은 못 되어 있었다.

실제로 우리네 국문학계의 실제 정황부터가, 이런 점에 들어서는 대체로 기왕의 그런 종류의 관념 같은 데서 헤어 나오기는 무척 어렵게 되어 있었다.

이를테면 "나", 이호철이라는 작가는 지난 1955년부터 오늘까지 60년 간을 계속 소설을 써서 발표해 오고 있는데, 60년대 중엽에 발표됐던 내 그 「소시민」을 그냥저냥 내 그 대표작으로만 믿고 있는 그 타성에서 벗어 나오기는 무척 어렵게 되어 있다.

그렇다고 원작자인 내가 '아니다, 이 새 작품을 보아라. 나 자신은 이 작품을 새 대표작으로 삼는다' 하고, 직접 나선다는 것도 웃기는 이야기가 된다. 원작자로서야, 그 뒤의 국문학계 움직임을 그냥 지그시 지켜볼 밖에 없다.

아니나 다를까. 그 소설이 단행본으로 나온 3년 뒤, 1999년에 이 『남녘사람 북녘사람』이 폴란드어로 현지에서 번역 출간되기 시작하여, 일본어판(2002), 프랑스어판(2003), 중국어판(2003), 영어판(2004), 헝가리어판(2006), 러시아판(2013) 등 여러 외국에서 번역판들이 연달아 나오게 되면서, 다른 나라 내외적으로도 차츰 이 작품들이 엄청 주목을 받기에 이른다.

그리하여 그 원작자인 "나"도 "나"대로 차츰 바빠지기 시작, 지난 10여 년 동안에 걸쳐 그 여러 나라들을 돌며 낭독회니 출간 기념회니 연구회니 하고 열심히 돌아다녔다.

특히 독일은, 그 어간에 네 번씩이나 다녀와서 「동베를린 일별기

2003년 9월, 독일 베를린국제문학제 한국 대표로 초청되어 소설독회를 갖고 있다.

행 2003년 가을」이라는 글 한 편까지 발표했었다.

그렇다면 『남녘사람 북녘사람』은 과연 어떤 작품인가.

이 단행본을 처음 출간했을 때, 문학 평론가 정호웅 교수는, "칠흑 어둠 속에서 솟아난 통일의 전언傳言"이란 제목으로 그 책 말미에 해설을 써 주면서 그 첫 문장을 "캄캄 칠흑의 어둠 속에서 놀라운 문학이 솟아올랐다. 원로작가 이호철 선생의 『남녘사람 북녘사람』이다. 열아홉 살의 어린 인민군 병사로서 기억할 수 없는 운명의 채찍질에 떠밀려 죽음의 불안과 정체 모를 혼돈 속을 허우적거리며 지나쳤던 저 태백 준령의 봉우리들과도 같은 작품들을 잇대어 엮어, 아무도 증언하지 않은(못한) 한 시기 특수한 체험을 되살려내었다"라고 시작하였고, 잇대어 그 교수는, "바로 이 증언은 인민군 병사로서의 실제 참전參戰이라는 희귀한 체험이어서, 그 어떤 비판도 이겨낼 수 있는 객관성을 담보해내고 있으며, 이 앞에서 독자는 단지 숨을

죽인 채 여럿과 눈을 양껏 열어, 반세기 넘어 저쪽에서 다가오는 그 귀중한 역사의 증거들을 정성껏 맞아 들여야 할 뿐이다."라고 쓰고 있었다.

"캄캄 칠흑의 어둠 속에서 놀라운 문학이 솟아올랐다. 원로작가 이호철 선생의 『남녘사람 북녘사람』이다."라고 시작하였다.

실제로 이 연작소설은 나 자신이 1950년 7월 7일, 북한에서 고3 소년으로 인민군에 동원되어, 처음 얼마 동안은 그 무렵 남쪽에서 의용군으로 갓 올라온 분들을 관리하기도 하면서, 서울대학교 영문과 학생이던 장세운, 그이의 친구였던 부산수산대학교 학생이던 장서경, 그리고 경동중학생이었다던 김정현 등등은, 이 소설에서도 본 이름 그대로 써서, 더러는 이 소설을 읽은 그 친족들에게서 연락이라도 오지 않을까 하는 기대마저도 '나'는 가졌었다. 그 기대는 전혀 이루어지지 못하였지만, 65년이라는 세월을 넘어, 지금 이 순간에도 혹여나 싶게 기다리고는 있다.

결국은 그렇게 그 해 8월 중순에, 안변 역에서 밤기차(화차 칸)로 고성高城까지 가서, 그 다음부터는 미군 비행기 공격을 피해 밤으로만 걸어서 8월 26일에야 울진에 가 닿았었다.

그곳의 흔히 '유 부잣집'으로 불리던 기와집에, 인민군 249부대 박격포 중대원으로 나는 정확히 한 달 간 체류해 있었다.

그렇게 9월 26일, 바로 추석날 저녁에 북상해 올라오던 국방군 18연대에 밀려서, 이튿날 27일에는 '나'는 어느새 혼자서만 태백산 능선 서쪽 뒷길을 패잔병 신세로 떨어져 있다가, 오대산 입구 월정사에서 안변에서 한 화차 칸으로 울진까지 나왔던 노차순을 다시 만난다.

바로 그때 그이는 스물아홉 살이었다. 그의 집이 양양 쪽이라서 그이와 같이 허위허위 그 깊은 오대산 속을 이틀을 걸어, 9월 30일에는 양양 뒤의 정족산, 수리 뒤 "큰 바위"에까지 이른다.

그곳에서 사흘을 같이 지내고, 그이는 왈曰, "자기는 빨갱이로 살았으니, 지금 내 집에 내려가 본들, 다시 잡혀서 곤혹이나 치를 터이니, 자기는 이대로 강릉이나 삼척 쪽으로 내려가 일꾼살이나 할란다. 하지만 자네 같은 고3 학생들은, 지금 원체 국방군이 신나게 북상 중이어서, 그냥 모두 각자 집으로 돌아가라고 한다니까, 그냥 혼자서만 내려가 보라. 그러니 이 자리서 헤어지자" 하여, '나' 혼자서만 그 긴 골짜기 길을 내려와, 그렇게 양양 남대천 가에서 포로로 잡혀 국군 헌병에 넘겨졌었다.

바로 이 소설은 이런 '내' 경험들이 고스란히 죄다 그대로 펼쳐진다.

여기에 적혀 있는 65년 전, 1950년의 그 7월 7일이라는, 고3으로 인민군에 동원되던 날짜와, 그 뒤의 울진 거리에 닿았던 날짜, 그 해 추석날 후퇴했던 날짜까지도 '나'는 이때까지 그대로 죄다 정확히 기억하고 있을 정도이다.

그렇게 이 소설은, 2000년대로 접어들어 일본어판으로 나오면서도 그 표지 띠에 "한국전쟁 시에 북과 남, 두 체제를 살아냈던 작가가 통일에의 지향을 담아낸 장편소설"이었음을 특기하며, "대한민국예술원상, 대산문학상 수상!"이라고 일본어로 적혀 있었고, 뿐만 아니라 영국 런던대학의 일본인 명예교수 심도통부瀋島通夫 계량경

제학자는 일본 신조사新調社에서 번역 출간되었던 그 책을 읽고 나서 그 독후감을, 다음과 같이 "『남녘사람 북녁사람』을 감명 깊게 잘 읽었습니다. 특히 그중의 '변혁 속의 사람들'은 초기 북한 사회의 변해 가던 정경이 꽤나 인상적이었습니다. 남과 북이 사이좋게 지낼 조건인 것 같음에도, 실제로는 그렇지 못한 점이 무척 아쉽군요. 당신과는 꼭 한 번 만나보고 싶지만, 원체 나이가 나이라서 선뜻 용기를 낼 수는 없군요. 일본으로 돌아갈 길에 한 번 서울행을 시도해 보기는 하겠습니다마는…"이라고 일본어 친필 편지로 보내오긴 했었지만, 그 뒤로 서로의 연락이 끊겼었다. 물론 지금쯤은 이미 그이도 세상 떠나셨을 것이다.

그리고 또 한 가지.

2003년 9월 10일부터 18일까지 독일 베를린 시에서 열렸던 세계문학인대회에 우리네 문학인 대표로 초청을 받아 갔을 때는, 그 본행사 말고도, 바로 그 1년 전인 2002년에 현지에서 나왔던 '내' 그 소설 『남녘사람 북녁사람』을 원작자 본인이 우리 글로 한 대목 읽고, 이걸 현지 배우 한 분이 같은 대목을 독일어로 읽고 나서, 두어 시간씩 질의응답이 진행되는 형식으로 몇 군데서 행사를 진행하기도 했었는데, 특히 구동독인 에어푸르트라는 도시에서는 150명이나 모여 들어서, 나는 조금 겁이 나기도 했었다.

특히나 태반이 현지의 아줌마들인 점도 그랬지만, 그 몇몇 아줌마들께서 질문들을 하는데, 거개가 그 전해에 독일어로 나왔던 내 그 책을 읽고, '1945년 그쪽 북한 사회가 소련군 하에서 스탈린 체제로 변해 가던 모습과, 같은 시기에 우리네 동독 사회가 소련군 점령 하

2004년, 독일 소설독회에서 안삼환 교수와 함께(구동독 지역인 에어프루트, 라이프치이, 예나 지역을 순회, 예나대학에서 프리드리히 실러 메달을 수여받았다.)

에서 겪어냈던 모습이, 어쩜 그렇게도 똑같을 정도로 비슷할 수가 있느냐, 그 점부터가 무척 놀라웠다'는 소리를 들었을 때는, 나 자신도 일말의 감격을 맛보기도 했었다.

그때도 '나' 나름대로 '소설'이라는 것이, 문학이 지니고 있는 지대한 역할 같은 것을 새삼스럽게 혼자서 곱씹어 보기도 했었다.

그밖에도 물론 미국의 뉴욕·샌프란시스코·로스앤젤레스·시애틀 등지에서의 행사에서도, 본 행사 격인 『남녘사람 북녘사람』 낭독회뿐만 아니라, 그 무렵 내가 주장했었던, "한 살림 통일론"이라는 주장에 대해서도 엄청난 관심들을 불러일으켰었다.

그리고 스페인의 바르셀로나에서는 내 그 『남녘사람 북녘사람』의

제1회 단편소설 페스티벌, 매년 열리는 이 행사는 이호철 집필실이 있는 고양시 선유리에서 열리고 있다.

독후감을 모집, 4백여 편이나 응모해온 그것들을 바르셀로나 현지에서 심사, 그 시상식에도 원작자 자격으로 가서 본인이 직접 시상을 했었고, 이 일에는 고맙게도 우리네 서울의 대산문화재단의 후원을 받기도 했었다.

이상 이 작품을 둘러싼 몇 가지 삽화까지 소개하며, 나 자신도 오랜만에 새삼스러운 감회에 젖어들게 됨을 고맙게 여긴다.

이기영과 이태준의 월북

이 나라가 분단되던 초기 1945년 전후의 몇몇 문학인들 동태를 한번 들여다보는 것도 그런대로 의미가 있을 것이다.

우선 이기영. 작금에 그이가 태어난 천안시에서 '이기영문학상'을 제정한다는 소문이 들려온다. 월북 작가의 이름으로 문학상이라니, 참으로 이런 정도로 우리 사회가 변해 왔는가 싶어 새삼 놀랍다.

이 나라가 일제의 사슬에서 해방되던 1945년 가을, 이기영은 북한으로 넘어갔다. 이듬해 1946년 8월에는 해방 1주년 기념 문화사절단장으로 평양에서 소련을 다녀와서, 그 방문기를 서울에서 발행되던 「민성民聲」 잡지(주간은 인기소설 '순애보'의 작가 박계주였다)에 1947년 봄 두 번에 걸쳐 발표했다. 그때만 해도 호랑이 담배 피던 시절이라, 남북 관계가 그 정도로 툭 터져 있었던 것이다.

그 방문기 내용을 보더라도, 2011년 오늘의 서울에 사는 우리로서는 심히 어이가 없다 못해 피시시 우스워지기까지 한다.

자신이 북한체제를 택할 수밖에 없었던 이유를 밝혀 놓기도 한 이 글에서 그는, 1936년엔가 소련을 방문한 뒤 소련 사회를 획일주의라고 혹평했던 프랑스의 세계적 소설가 앙드레 지드를 반박하였다. 자기가 보기에 "그건 반동 사상가의 치우친 견해에 불과하다, 획일주의로 보이는 그런 면모야말로 유물론 사회의 아름다운 '통일주의'다, 폄하할 게 아니라 오히려 '진정한 인민의 나라', '만백성이 생활을 즐길 줄 아는 나라'로 격찬하고 싶다"고 썼다.

어떤가, 현금 소련이라는 나라가 통째로 망해 없어진 마당에 보자면. 그이의 살아생전 저런 소리는 실로 우습고 황당하기 짝이 없지 않은가.

이기영이 월북한 것도 이유가 따로 있다. 본인은 남과 북 두 체제 가운데 북쪽을 선택했노라고 자못 무겁게 운운했지만, 실은 사랑의 도피행이었다. 그 무렵 그이는 본처 말고 작은댁과 은밀하게 딴살림을 차리고 있었는데, 아예 본처 소생의 자식까지 버리고 작은댁과만 북으로 간 것이다. 본처 소생의 친자식은 어쩌면 남한 어디엔가 아직 살아 있을지도 모른다.

나는 이기영을 꼭 한 번 본 일이 있다. 1949년엔가, 월남하기 직전 원산의 어느 초등학교 강당에서였다. 그날 그이는 '문예총 위원장'이라는 자격으로 특강을 하러 왔다. 체격이 작았다. 그저 그랬다는 평범한 느낌뿐, 특강에서 무슨 이야기를 했는지는 전혀 기억이 없다.

월남한 뒤에야 안 사실이지만, 그이는 북에서 줄곧 문화예술계의 지도자로 있으면서 뛰어난 미모의 무용수를 며느리로 들였다. 그 며느리인즉 바로 성혜림, 나중에 김정일이 반해서 첫 번째 부인으로 삼은 그 여인이다. 며느리를 생으로 빼앗기는 수모를 겪었으니 그 속마음이 과연 어떠했을까.

그리고 또 한 사람의 소설가, 1904년 강원도 철원 생의 이태준.

그이는 해방 뒤 1946년까지는 서울에 있었는데, 이기영이 소련에 갈 때 그 일원으로 끼어 월북을 했다. 그 직전에 소설가 채만식과 최태응을 목동의 자기 집으로 불러 "나는 북쪽으로 가서 2, 3년은 있어야 할 것 같은데, 이쪽은 보니까 미군이라는 건달이 하는 짓이 도무지 정치 꼴이 아니다"라며 같이 월북하기를 권했다고 한다.(최태응의 증언)

그 뒤 1946년 10월 20일 서울의 '문학동맹' 앞으로 보내온 서신에서도 이태준은 공산 사회의 우월성을 강조하였다. "떠날 때는 돌아와 만나는 즐거움과 일에 더 충실함으로 갚으려 했던 노릇이 그만 여기서 걸음을 멎게 되었습니다 …… 소비에트는 무엇보다 인간이 부러웠습니다 …… 자연으로 돌아가라, 마음이 가난한 자는 복 받느니라. 아무리 외쳐도 잃어버리기만 하던 인간성의 최고의 것이 유물론 사회에서 소생되어 있는 것은 얼마나 놀라운 사실입니까. 제도의 개혁 없이는 백천 번 외쳐대야 미사여구에 불과하므로 예술이 인간에 보다 크게 기여하려면 인간으로 하여금 바르게 못 살게 하는 제도의 개혁부터 해야 할 것을 절실히 느꼈습니다"라고 썼다.

1947년 4월 15일에 발간된 「문학」 제3호에 실린 '붉은 광장에서'라는 그의 기행문 한 토막도 앞의 것과 거의 같은 내용이었다.

남한의 혼돈된 사회를 겪다가 불현듯 난생 처음으로 가본 소련, 그리고 그 소련을 닮아가려는 북한 사회가, 제대로 정돈되어가는 사회로 믿음직스럽게 보였다고?

이러한 관찰이 얼마나 유치하게 얄팍하고 상투적인 것이었는가 하는 점은, 그이 자신부터 얼마 안 가서는 후회막급으로 한탄스러웠을 터이지만, 이미 그이로서는 더 이상 어쩔 수 없는 지경에 빠져 있었을 것이다.

오늘 2011년에 우리가 이 서울에 살면서 그 시절 그들의 행태를 뒤늦게 돌아다보는 심정은 과연 어떠한가. 남·북한 지식인들 간에 옛날 그런 시절이 있었다는 것이 무척 놀랍게 느껴지고 어느 한편으로는 그리워지기까지 하지 않는가.

임화林和와 백철白鐵

1908년생이던 임화는 서울의 보성중학교 출신으로, 본시 함경도 북청北靑 사람이었던 이헌구李軒求에게서 직접 듣기로, 1905년생이던 그이와 임화는 한 클래스에 있었고, 그밖에 더 어렸던 이상李箱도 자기들과 한 클래스에 있었대서, 나는 엄청 놀랐었다. 그 사실 여부는 작금 2016년의 이 서울에 있어서도 나로서는 도무지 아리까리해진다.

이상은 1910년 9월 23일 새벽에, 서울 통인동 154번지에서 강릉 김씨이던 가난한 김연창金演昌의 맏아들로 태어나는데, 그 김연창이라는 이는 그 무렵 궁내부 활판소에서 일하다가 사고로 손가락 세 개를 절단 당한 뒤, 소규모 이발소를 새로 개업하여 호구지책을 삼고 있던 사람이었다고 하니, 그 집안 형편까지도 대강은 짐작이 되지만, 바로 그 이상도 이헌구나 임화와 함께 보성중학의 한 반에 속해 있었다는 것은 그이들 나이 차이 같은 것으로 보아서는 썩 믿어지지는 않는다.

다만 백철白鐵은, 그 임화보다 한 살 많은 1907년생으로, 본시 평북 신의주 태생이었다.

더구나 그이는, 그 무렵 이미 일본 동경의 고등사범학교 출신이었다고 하니, 그때 겨우 한 살 차이였던 그 서울에서의 임화와의 실제 관계는 과연 어떠했을까.

오늘 2016년을 이 서울 속에서 하루하루 살아가고 있는 우리로서는 그 무렵의 그 두 사람 관계라는 것도 뭔지 무척 산란해진다.

특히 그 임화라는 이는, 이미 열일곱 살에 보성중학도 때려치우고 하루하루 살던 집도 뛰쳐나와서, 약관 스물 몇 살에는 김기진·박영희·한설야·이태준·이기영·김남천 등등, 선배들과 함께 '카프'라는 좌익 문인단체의 서기장에까지 오르고, 그 뒤에도 여러 우여곡절을 겪던 끝에 1945년 마악 서른여덟 살이 되던 해에는 '남로당' 당수였던 박헌영 휘하의 문화 담당 이론가가 되었다가, 그 뒤 마흔다섯 살에는 미 제국주의의 간첩으로 몰려 북한에서 총살형으로 처형됐던, 본시 뛰어난 머리와 좌익 사상으로 한 시대를 주름 잡았던 직업적인 혁명가로 특이한 인물이기도 하였었다.

이렇게 대강 더듬어 보면, 그 무렵의 임화가 자기보다 한 살 많았던, 더구나 일본 동경의 고등사범학교 출신의 백철을 그냥저냥 하루하루 무심하게만 대했을 리는 없었을 것이라는 점도 어느 정도는 짐작이 된다.

본시 폐병으로 창백한 얼굴에 유난히 붉은 입술의 미남자에다 일찍부터 사회주의 문학 쪽으로 달렸던 그이로서는 겨우 보성중학 중퇴였으니, 아무리 그 일본 제국 치하를 거부하며 싸움의 길로 들어섰을망정, 드물게도 동경의 고등사범학교를 나왔다는 백철이라는 자를 그냥 호락호락 내버려 두었을 리는 없었을 터이니까.

이를테면 시인으로서의 임화는, 카프 진영 사람들 중에 가장 빼어났던 혁명가였으며, 또한 이미 『문학의 논리』라는 두툼한 평론집과 『조선문학사』라는 저서까지 내놓은 최고의 비평가이기도 했었다.

또한 소위 "대중화 논쟁"을 통해 카프 서기장에 오른 이론가이고 조직가였다.

그는 그렇게 젊었을 적부터 시인으로서, 비평가로서, 조직의 리더로서 뛰어난 역량을 과시하고 있었으니, 동경에서 마악 돌아왔던 백철로서도, 더구나 자기보다 한 살 아래였던 임화에게 어느 정도는 매혹 당할 수도 있었던 것이 아니었을까.

이를테면 그 무렵 한때나마 그 두 사람, 임화와 백철이 직접 상면해서 잘났던 두 사람끼리 어쩌고저쩌고 하지 않았을 것인가.

이 점으로 불초 나로서도 거듭 기억이 나는 것은, 1950년 12월에 북에서 부산 거리로 피난민으로 첫 월남을 했을 때, 부두노동을 하다가 초장동의 국수 공장(제면소)에 직공으로 있었을 때도, 내가 그렇게 남한 땅으로 나와서 처음으로 책 한 권을 구입했던 것도, 바로 '신문학 사조사思潮史'라던가, 백철의 논문집이었었다.

하지만 그때도 불초 본인이 보기에는, 문학적 역량이나 재능으로 임화는 물론이고, 우파 쪽이었던 김동리나 서정주, 그리고 같은 평론가로서 조연현에 비기더라도, 한 급 떨어지는 것으로 보였었다.

이를테면 불초 나도, 1955년에 단편소설 「탈향」이 「문학예술」에 첫 추천되며 작단에 등단한 뒤, 1957년에 「현대문학」지에도 처음으로 「부군浮群」이라는 제목의 단편소설이 실렸을 때는, 그이 백철로부터 동아일보의 월평月評으로 과분하게 칭찬도 받았었으나. 그이의 그 비평이라는 것도 그때의 나로서도 별로 시원치는 않아 보여, 그다지 고맙게 여겨지지도 않았었다.

특히 이 점은 '동인문학상' 제2회 수상자로 선우휘의 「불꽃」이라는 단편소설이 마지막 남았을 때, 그 심사위원이었던 백철이 그 작품을 적극 밀었으나, 김동리는 끝까지 반대했었다는 사실, 나도 이미 감정적으로 그 김동리 쪽으로 공감을 했었다는 점으로도, 이미 그 무렵의 내 문학적 방향이나 취향까지 어느 정도는 짐작이 될 것이다.

특히 그때 처음에 「사상계사」에서 '동인문학상'이라는 것을 제정할 때도, 장준하 씨가 누구 이름으로 할 것인가 하는 것을 걱정했을 때, 금방 백철이 자기와 마찬가지로 북한 평양의 대부호 아들이었던 김동인金東仁을 추천해서, 그렇게 역시 같은 평북 출신의 장준하 씨도 금방 '동인문학상'이라는 이름으로 결정했었다는 후일담을 내가 한 번 들었던 것으로 미루어 보아도, 일본의 동경 고등사범학교를 졸업했던 백철이라는 사람의, 이미 서울에서도 막강했던 그 무렵의 영향력은 충분히 짐작되고도 남는다 하겠다.

하지만 그 무렵 겨우 서울 혜화동의 모모 중학교인가를 중퇴했던 김동리로 말하면, 백철의 학력에 비해서는 훨씬 떨어졌을망정, 그 문학적 감수성에서는 불초 나라는 사람으로서는 백철보다 훨씬 한 수 위로 보였었다.

더구나 그 김동리 씨는, 나의 마지막 추천작이었던 2백자 원고지로 겨우 50장 남짓 밖에 안 되던 「나상裸像」이라는 작품을 엄청 칭찬을 해주며, 평론가 곽종원 씨가 후암동 자택에서 본인의 생일잔치를 벌여 여러 문인들이 초청되었을 때도, 그 당시 가장 어렸던 불초 나와 시인 박재림도 어쩌다가 그 자리에 같이 끼었었는데, 그곳에서도 김동리 선생은 내 그 작품을 여럿 앞에서 엄청 칭찬을 해주어, 나는 무척 민망스럽기까지 했었던 거였다.

그날 저녁 바로 그 옆집에 사시던 정비석 씨 댁에서도 2차로 술자리가 벌어졌을 때는, 이미 술이 엄청 취해 있던 최일수 씨가 동리의 나에 대한 칭찬을 질투하여(마침 그 자리에는 동리는 끼어 있지 않았었지만) 느닷없이 내 뺨까지 때려서, 한자리에 있던 정한숙 씨가 내 편을 들며 그 최일수 씨를 후려갈겨, 그이도 맥주병을 냅다 던져서 그 댁 2층의 커다란 유리창이 와르르 부서지며 무너져 내리는 불상사까지 일으키는 등, 생난리가 벌어지기도 했었다.

그때 최일수 씨는 모 신문의 문화부 차장 자리엔가 있었던, 나보다 열대여섯 살 위의 평론 쪽 사람으로 고향이 전라도 목포 쪽이었고, 그때는 이미 월북해 있던 임화 쪽의 이념이나 사상 같은 것을 그리워하고 있는 좌쪽 편향으로도 보였었는데, 그 뒤에 나는 당시의 문예진흥원 쪽에도 관계하고 있던 그 선배님과 나대로도 화해 비슷한 것을 하려고까지 마음먹기도 했었으나, 그 뒤 얼마 안 되어 금방 그이는 작고하고 말았었다. 그이는 김지하의 부친 되는 사람과도 친한 사이였었다는 것을 흘낏 들었던 것 같기도 한데, 그 사실 여부는 나로서도 분명치는 않다.

아무튼 1932년생이던 불초 내가 그 불과 몇 년 전에 임화라는 사람의 글을 처음으로 접했던 시기도, 우리나라가 일제 치하에서 마악 해방되고 난 바로 그 무렵 북한 원산이라는 고향 마을에서였다.

그러니까 1946년부터 47년 사이, 그 무렵에 임화가 서울에서 그 좌파 '문학가 동맹' 조직을 이끌 때, 그이의 휘하에서 사무장 비슷한 일을 하던 소설가 박찬모의 고향 쪽, 그러니까 원산의 '가는골'이라는 마을의 그이 서재 속의 책들에서 임화라는 이름의 저자와 불초 나도 난생 처음으로 만날 수가 있었다,

그때 그 박찬모라는 소설가는, 그 무렵에 갓 결혼했던 내 큰누님 남편의 바로 큰 형님이었던 거였다.

그렇게 그때 그이는 서울에서 임화 밑에서 그런 일을 하고 있어, 나는 15, 6세로 처음으로 문학이라는 것에 첫맛을 들일 때도, 모처럼 그 큰누님에게 부탁, 그이 박찬모의 고향 서재 속 책들을 다섯 권씩 빌려다가 맛있게 읽어보곤 했던 거였다.

톨스토이의 「부활」이며 「안나 카레니나」며, 빅토르 위고, 플로베르, 셰익스피어, 괴테, 도스토옙스키의 「죄와 벌」, 투르게네프, 안톤 체호프, 막심 고리키 등등에 한창 맛을 들였던 것도 그때부터 그이 소유의 책을 통해서였고, 그이의 첫 소설 「과수원」이라는 단편소설도 그때 처음으로 읽었었다.

그 뒤 1948년엔가, 임화 등이 북행北行을 했을 때는 그이도 북한 쪽으로 되넘어와, 1949년에는 원산에서 강원도 인민위원회 선전부장으로도 재임해 있어, 불초 나는 그 무렵에도 그이를 한 번 만났었지만, 그 이듬해에 나는 고3으로 인민군에 동원되어 울진까지 내려가기도 했었으나, 우여곡절 끝에 가족들 죄다 북에 남겨둔 채 혼자서만 이 남쪽으로 피난을 내려와, 1955년부터 소설가로 데뷔, 그 뒤

의 그이들 사정은 전혀 모르고 있었다.

그러니까 그 무렵 내가 고2 때인 1949년에는 그이 임화도 남로당 패거리들과 함께 북한으로 올라와, 박헌영이 부수상 겸 외무상에 있을 때는 그이 임화도 황해도 해주에 머무르면서 매주 토요일마다 평양 발행의 노동신문 1면에 「전투를 위하여」라는 제목의 남한 유격대를 찬양하는 연작시를 발표, 나는 고2의 동급생들 앞에서 그 시를 노상 신바람나게 낭송도 하곤 했었다.

그때 읽었던 그이 임화의 시들도 그 무렵에는 무척이나 좋아했었다.

하지만 그때로부터 70년이 지난 지금 2016년에 와서 다시 돌아보면, 물론 임화 그이의 탁월했던 재능에는 여전히 감탄을 안 할 수는 없지만, 그이의 시들이 그 정도로 좋기만 했었는가 하는 점에는, 일말의 의문점 같은 것도 뒤늦게나마 안 느낄 수는 없다.

가령 1938년에 그이가 첫 발표했던 대표작의 하나로 꼽히는 「현해탄」이라는 시만 해도 그렇다. 그 당시의 우리나라가 처해 있던 우리네 젊은이들의 정황을 그냥 사실대로 내보였던 점 말고는, 우리나라 시사적詩史的으로 과연 최상의 으뜸에 속하는가 하는 점으로는, 가령 김소월이나 정지용, 서정주의 대표작들과 비교해 보더라도 어느 한 면 이의제기도 가능해 보인다.

가령 그 「현해탄」이라는 시도 조금 길지만 전편을 한 번 함께 이 자리서 읽어 보기로 하자.

이 바다 물결은

예부터 높다.

그렇지만 우리 청년들은
두려움보다 용기가 앞섰다.
산불이
어린 사슴들을
거친 물로 내몬 게다.

대마도를 지나면
한 가닥 수평선 밖엔 티끌 한 점 안 보인다.
이곳에 태평양 바다 거센 물결과
남진해 온 대륙의 북풍이 마주친다.

몽블랑보다 더 높은 파도
비와 바람과 안개와 구름과 번개와
아세아의 하늘엔 별빛마저 흐리고
가끔 반도엔 붉은 신호등이 내어걸린다.

아무러기로 청년들이
평안이나 행복을 구하여
이 바다 험한 물결 위에 올랐겠는가?

첫 번 항로에 담배를 배우고

둘쨋번 항로에 연애를 배우고
그 다음 항로에 돈맛을 익힌 것은
하나도 우리 청년은 아니었다.

청년들은 늘
희망을 안고 건너가
결의를 가지고 돌아왔다.
그들은 느티나무 아래 전설과
그윽한 시골 냇가 자장가 속에
장다리 오르듯 자라났다.

그러나 인제
낯선 물과 바람과 빗발에
흰 얼굴은 찌들고
무거운 임무는
곧은 잔등을 농군처럼 굽혔다.

나는 이 바다 위
꽃잎처럼 흩어진
몇 사람의 귀여운 이름을 안다.

어떤 사람은 건너간 채 돌아오지 않았다.
어떤 사람은 돌아오자 죽어갔다.

어떤 사람은 영영 생사도 모른다.

어떤 사람은 아픈 패배에 울었다.

— 그중엔 희망과 결의와 자랑을 욕되게도 내어 판 이가 있다면 나는 그것을 지금 기억하고 싶지는 않다.

오로지
바다보다도 모진
대륙의 삭풍 가운데
한결같이 사내다웁던
모든 청년들의 명예와 더불어
이 바다를 노래하고 싶다.

비록 청춘의 즐거움과 희망을
모두 다 땅 속 깊이 파묻는
비통한 매장의 날일지라도,
한 번 현해탄은 청년들의 눈앞에
검은 상장喪章을 내린 일은 없었다.

오늘도 또한 나이 젊은 청년들은
부지런한 아이들처럼
끊임없이 이 바다를 건너가고, 돌아오고,
내일도 또한
현해탄은 청년들의 해협이리라.

영원히 현해탄은 우리들의 해협이다.

삼등 선실 밑 깊은 속
찌든 침상에도 어머니들 눈물이 배었고,
흐린 불빛에도 아버지들 한숨이 어리었다.
어버이를 잃은 어린아이들의
아프고 쓰린 울음에
대체 어떤 죄가 있었는가?

나는 울음소리를 무찌른
외방 말을 역력히 기억하고 있다.

오오! 현해탄은, 현해탄은,
우리들의 운명과 더불어
영구히 잊을 수 없는 바다이다.

청년들아!
그대들은 조약돌보다 가볍게
현해의 큰 물결을 걷어찼다.
그러나 관문해협 저쪽
이른 봄바람은
과연 반도의 북풍보다 따사로왔는가?
정다운 부산 부두 위

대륙의 물결은
정녕 현해탄보다도 얕았는가?

오오! 어느 날
먼먼 앞의 어느 날,
우리들의 괴로운 역사와 더불어
그대들의 불행한 생애와 숨은 이름이
커다랗게 기록될 것을 나는 안다.
1890년대의
1920년대의
1930년대의
1940년대의
19모모년대의
....

모든 것이 과거로 돌아간
폐허의 거칠고 큰 비석 위
새벽 별이 그대들의 이름을 비칠 때
현해탄의 물결은
우리들이 어려서
고기 떼를 쫓던 실내처럼
그대들의 일생을
아름다운 전설 가운데 속삭이리라.

그러나 우리는 아직도
이 바다 높은 물결 위에 있다.

혁명적 임화와 시인 이상李箱

임화의 시에 등장하는 현해탄은 지리적으로는 한국과 일본 사이에 가로 놓인, 지난날에 관부연락선이 다니던 대한해협을 가리킨다.

이 바다는 그 당시 북경 혹은 만주국의 수도였던 신경으로부터 신의주와 서울을 거쳐 일본 제국의 수도 동경에 이르자면 반드시 거쳐야 했던, 아시아 대륙과 일본 열도를 잇는 나루 역할을 한 바다였었다.

그러니 식민지 종주국인 일본을 향해 들어가는 사람들과 일본에서 대륙을 향해 나오는 사람들 모두에게 부산과 시모노세키 어간의 바다는 통과하지 않을 수 없는 연결지점이었다.

한데 임화의 시 「현해탄」에 등장하는 것은 그 단순한 지리적 의미만이 아니라, 그밖에도 1930년대 그 당대를 살았던 우리나라 지식인들이 그 현해탄에 부여했던 당대적인 의미와 역사적인 의미까지 폭넓게 교차하고 있는 것이다.

그렇게 당대적인 의미와 역사적인 의미까지 폭넓게 드러낸 시로는, 바로 이 임화의 시가 처음으로 읊어냈다는 점은 우리네 시사詩史

적으로도 중요한 뜻을 지니고는 있었지만, 하지만 우리네 시 전체를 두고서는 과연 이 시가 가장 대표적인 명시에 드느냐 하는 점을 두고서는 꼭 절대적으로 그렇게만 보이지는 않는다는 견해도 없지는 않다.

가령 그이보다 앞선 시인들인 1902년생 김소월의 「산山」이라는 시나 정지용의 다음과 같은 시는 나도 몇 십 년 동안 애송하고 있는 우리네 대표적인 시인 것이다. 즉 김소월의 시, 「산山」만 해도,

산새도 오리나무
위에서 운다.
산새는 왜 우노, 시메산골
영 너머 가려고 그래서 울지.

눈은 내리네, 와서 덮이네.
오늘도 하룻길
칠팔십리
돌아서서 육십리는 가기도 했소.

불귀不歸, 불귀, 다시 불귀,
삼수갑산에 다시 불귀
사나이 속이라 잊으련만,
십오년 정분을 못 잊겠네.

산에는 오는 눈, 들에는 녹는 눈.
산새도 오리나무
위에서 운다.
삼수갑산 가는 길은 고개의 길.

이라는 짤막한 시 구절이거나, 또 혹은 정지용의 시,

고향에 고향에 돌아와도
그리던 고향은 아니러뇨.

산꿩이 알을 품고
뻐꾸기 제철에 울건만
마음은 제 고향 지니지 않고
머언 항구로 떠도는 구름.

오늘도 메 끝에 홀로 오르니
흰 점 꽃이 인정스레 웃고
어린 시절에 불던 풀피리 소리 아니 나고
메마른 입술에 쓰디쓰다.

고향에 고향에 돌아와도
그리던 하늘만이 높푸르구나.

그리고 또 1915년생의 미당 서정주의 시 「문둥이」도,

해와 하늘빛이
문둥이는 서러워

보리밭에 달 뜨면
애기 하나 먹고

꽃처럼 붉은 울음을 밤새 울었다.

이런 시들을 비롯하여 그밖에도 1910년생인 이상의 시들을 더듬어 보면, 임화의 시에서 느끼던 것과는 전혀 다른 감회에 젖지 않을 수 없다.

이를테면 예술 지상주의를 주장하는 소위 순수문학을 내세우며 활동해 오던 많은 문학인들은 '카프' 쪽의 강한 투쟁 노선에 그간에는 다소 밀리는 듯한 모습을 보이기도 하였지만, 차츰 이들도 나름대로 반기를 들고 나오자, 일단 '카프'파들은 그 '순수 문학파'들을 향해 거센 포문을 열어, '순수 문학파'와 '참여 문학파' 간의 싸움이 이때만큼 격렬했던 때는 일찍이 한 번도 없었다.

아무튼 이상이라던 이의 기괴하게 생겼던 실제 이력이라는 것도 조금 살펴보면,

• 1921년(12세) 3월 신명학교 4년 졸업, 큰아버지의 교육열에 힘

입어 그해 4월 동광학교 입학.

- 1924년(15세) 동광학교가 보성고보로 병합, 동교 4학년에 편입학, 이 해에 교내 미술전람회에 유화 "풍경"이 입상.
- 1926년(17세) 보성고보를 졸업하고, 동숭동에 있는 경성고등공업학교 건축과 제1학년에 입학.
- 1927년(18세) 그 학교 재학 중에 「난파선」 편집 주도. 삽화와 시 발표.
- 1928년(19세) 경성고등공업학교 졸업 기념 사진첩에 처음으로 이상李箱이라는 필명 사용하기 시작.
- 1929년(20세) 경성고등공업학교 건축과 수석 졸업. 조선총독부 내무국 건축과 기수로 발령 근무. 11월 관방官房 회계과 영선계營繕係로 자리 옮김. 조선건축회지 「조선과 건축」 표지 도안 현상모집에 1등과 3등에 당선.
- 1930년(21세) 한글판 「조선」에 2월부터 12월까지 처녀작이자 장편소설인 「12월 12일」을 필명 이상으로 연재. 폐결핵 발병.
- 1932년(23세) 큰아버지 작고. 「조선과 건축」 회지 표지 도안 현상모집에 가작 입선.
- 1933년(24세) 심한 각혈로 총독부 기수직 사임. 요양차 갔던 황해도 배천 온천에서 기생 금홍과 알게 됨. 서울 종로1가에 다방 '제비'를 개업. 금홍과 살림 시작. 8월에 결성된 '구인회九人會' 멤버였던 이태준, 정지용, 김기림, 박태원 등과 문학적 교류 시작.
- 1935년(26세) 「소설가 구보씨의 일일」이라는 작품에 삽화 발

표. 다방 등 폐업, 금홍과 헤어짐. 인사동 카페를 인수해서 경영 했으나 폐업. 성천, 인천 등지로 유랑. 그의 가족은 신당동 빈민촌으로 이사.

- 1936년(27세) '구인회' 동인지 「시와 소설」 창간호 1집을 내고 그만둠. 이화여전 출신이던 변동림과 결혼, 황금정(현 을지로)에서 신혼살림 이후, 일본 동경 행. 소설 「봉별기」, 동화 「황소와 도깨비」 매일신보 등에 발표.
- 1937년(28세) 사상불온 혐의로 일본 경찰에 잡히기도 하지만 건강 악화로 보석으로 출감. 4월 16일 부모와 할머니 별세. 4월 17일 오전 4시 동경제대 부속병원에서 사망. 아내 변동림에 의해 화장되어 환국, 미아리 공동묘지에 안장되었으나 그 뒷날에 유실됨.

이상, 그이의 이력 치고는 조금 길게 인용해 보았는데, 도대체 이상이라는 작가가 어떤 사람이냐 하는 것을 가장 쉽게 알 수 있기 때문이다.

물론 그이의 대표적인 작품이라는 1936년에 발표되었다는 「날개」라는 단편소설과, 역시 같은 1936년에 게재되었다는 「권태」라는 긴 수필, 두 편이 없었다면, 이를테면 이상이라는 이름의 작가가 그로부터 80년이 지난 2016년 오늘 우리 주변에 이렇게 남을 수가 있었을까!

그 점으로 말한다면 이효석李孝石이라는 분도 마찬가지다. 그이에게 「메밀꽃 필 무렵」이라는 단편소설 한 편이 남아 있지 않았더라면, 2016년 오늘에 이 작가가 우리 주위에 이렇게 남아날 수가 있었을까?

실제로 이 이상李箱의 경우도 그밖에 여러 편 발표되기도 했던 시라는 것을 보면 도무지 어이가 없다. 그 실제 보기를 한 번 직접 들여다보자.

1934년에 「시 제2호」라는 제목으로 발표되었다는 다음의 시.

나의 아버지가 나의 곁에서 조을 적에 나는 나의 아버지가 되고 또 나는 나의 아버지의 아버지가 되고 그런데도 나의 아버지는 나의 아버지대로 나의 아버지인데 어쩌자고 나는 자꾸 나의 아버지의 아버지의 아버지의 … 아버지가 되나 나는 왜 나의 아버지를 껑충 뛰어 넘어야 하는지 나는 왜 드디어 나와 나의 아버지와 나의 아버지의 아버지와 나의 아버지의 아버지의 아버지의 아버지 노릇을 한꺼번에 하면서 살아야 하는 것이냐

- 1934년 7월 25일 「조선중앙일보」 게재

그리고 「시 제3호」라는 것을 보자.

싸움하는 사람은 즉 싸움하지 아니 하든 사람이고 또 싸움하는 사람은 싸움하지 아니 하는 사람이었기도 하니까 싸움하는 사람이 싸움하는 것을 구경하든지 싸움하지 아니 하는 사람이 싸움하는 구경을 하든지 싸움하지 아니 하든 사람이나 싸움하지 아니 하는 사람이 싸움하지 아니 하는 것을 구경하든지 하였으면 그만

이다

- 1934년 7월 25일 「조선중앙일보」 게재

그리고 「시 제13호」

내 팔이 면도칼을 든 채로 끊어져 떨어졌다. 자세히 보면 무어에 몹시 위협 당하는 것처럼 새파랗다. 이렇게 하여 잃어버린 내 두 개 팔을 나는 촉燭대 세움으로 내 방안에 장식하여 놓았다. 팔은 죽어서도 오히려 나에게 겁을 내이는 것만 같다. 나는 이런 얇다란 예의를 화초분보다도 사랑스레 여긴다.

- 1934년 8월 4일 「조선중앙일보」 게재

지금 이 시들도 본래는 '띄어쓰기'조차 안 하고 있어 나대로 억지로 최소한 읽기라도 할 수 있게 손질을 했지만, 이 연작시라는 것들은 7월 24일부터 8월 8일까지 조선, 중앙일보에 10회에 걸쳐 발표되었다. 본래는 30편을 예정했었으나 독자들의 강한 항의로 결국 15회로 중단되었다.

그리고 단편소설 「날개」의 첫 문장은 이렇다

박제가 되어버린 천재를 아시오? 나는 유쾌하오. 이런 때 연애까지가 유쾌하오.

그러니까 지금에 와서는 영어로도 번역되어 있는 그 「날개」라는 소설도 있고, 「권태」라는 수필과 「황소와 도깨비」라는 동화도 있어, 오늘의 이 이상이라는 기괴한 작가는, 2016년의 이 세월에도 우리네 대한민국 서울에 이런 식으로 여전히 살아 있는 것인가.

그이의 이력을 이 자리서도 이렇게 일부러 자세히 소개한 이유도 바로 이 나라, 이 사회가 이 정도로 자유롭다는 뜻에서이다. 자유, 자유.

이 자리서 비록 자세히 소개하지는 않고 있지만, 1939년대 그 무렵에는 김유정金裕貞이라는 단편소설가도 그러했다.

그래서 그 무렵에는 그 이상과 김유정, 두 사람은 그 서울 속에서 서로 친숙했고, 같이 자살을 하자는 편지까지도 피차에 써 보내기도 했던 모양이었다.

둘 다 폐결핵 병이어서 금방 잡은 뱀 두어 마리만이라도 보내주면 끓여 먹고 이따위 병도 나을 터인데 하는 편지도 주고받았다던가.

그렇게 1930년대 그 무렵의 싹수 깨나 있다던 문학인들 그이들은, 김소월까지 포함해서 겨우 서른 살 전에 죄다 세상을 떠났었다.

그 뒤로, 평양의 큰 부잣집 아들이었다던 김동인이나, 전라도의 채만식 등은 바로 1950년의 6·25 난리 중에 그 두 사람 다 50대 나이로 세상을 떠난다.

그 뒤, 김동리나 황순원, 최정희, 부산의 김정한 등도 비로소 1980년대에 들면서 80세 너머까지 장수를 누리게 된다.

실제로 이런 고령자들이 되면서야, 어느 누구나 제대로 행복감 같은 것도 비로소 슬슬 맛보게 되지 않았을까.

지금의 불초 본인부터가 어언 1932생, 85세가 됐으니….

그러고 보면 이미 1989년엔가, 스웨덴 대학의 랄스 트룬스타웅 교수께서는 "누구나 초고령이 되어야 물질주의적이고 합리적인 사고로부터 비로소 우주적이고 초월적이고 비합리적인 세계관으로들 바뀌면서, 제대로 사람 사는 행복감도 맛보게 된다."라고 일갈도 하셨다.

그나저나 이런 식으로 거듭 돌아보면 저 1908년생이었던 임화라는 사람도 그 뛰어났던 재능이나 야심, 철저했던 정치적 사상 등이 그 한때는 엄청 이 나라 만인들의 뜨거운 사랑과 그리움의 대상이기도 했었지만, 오늘의 저 북한 땅에서는 끝머리 재판에서, 그이를 총살형으로 처형해낸 자들이 쏟아낸 소리들은,

이봐, 너희들도 노상 지껄여댔던 "쬬오다"들, "소시민 성", 어쩌고? 너희들 끼리끼리 서로 알아주었던 그 소리가, 그냥 그렇게 그런대로 통할 줄로 알았나. 그건 바로 그 너희들이었어. 알아들어? 그러니까 그간에, 우리네들이 저 백두산 속에서 초근목피草根木皮로 근근이 겨우 목숨이나마 이어갈 때, 그때 넌 어디서 무얼 하고 있었어? 영화 속의 주인공으로? 그러구 뭐? 시? 「현해탄」이라고? 그러구 뭐? 문학평론이라고? 개소리 하고 있었던 거. 그 무렵 너들이라는 자들의 그 하루하루 치사하고 더럽던 사기꾼들의 행태 하나하나를 우리가 모르고 있었던 것으로 알았던 모양인데, 그 무렵의 너의 그 행태 하나하나를 그대로 한번 이 자리서 죄다 나열해 보여줄까. 어쩌까아아. 그 무렵의 네 드럽고 치사했던 여성 관계며, 남의 돈 통째로 떼어먹었던 사기 행위며, 그 무슨 시

다, 뭐다 하는 인기 놀음으로 별별 오만 가지 타락했던 행태들,
그런 걸 이 자리서 죄다 한번 내보여 줘 볼까? 어떻겠어? 네 그
우두머리 박헌영朴憲永이라고? 명륜동의 어느 부잣집에서, 뭐?
'10월 테제'라는 걸 써 낸다고? 뭐? '혁명 사업'으로 작성해 냈다
고?
이봐. 똑똑히 들어 둬. 그간에 우리가 얻어낸, 네가 보기에는 죄다
무식해 보이는 우리대로 얻어낸 이 권력을, 너희들 같은 사기꾼
들에게 고스란히 넘겨주리라고 너는 보고 있었는가. 너들이 무슨
개소리 한들, 우리는 끄떡없어. 모처럼 이렇게 획득된 이 권력을
호락호락 너희들에게 넘겨줄 것 같은가!

그렇게 죽어갔던 임화는 그 죽기 전에 어떠했을까. 끝으로 마지막
유서나마 하나 써 내고 싶지 않았을까.

1948년, 홍명희와 김동리

남북 분단 초기의 문학인들의 행태를 돌아볼 때 언급해야 할 인사들은 또 있다.

가령 장편소설 「임꺽정」의 작가 벽초 홍명희. 해방 직후 서울에서 발족한 문학가동맹의 위원장으로 만장일치로 추대되었으며, 1888년 충북 괴산에서 태어난 그분, 일제강점기인 1920년대 말의 한때는 당대 대표적인 민족운동단체 신간회의 주역이기도 했으나 이미 그 무렵부터 소위 프롤레타리아 좌파 문학인으로부터는 배척을 받기도 했던, 하지만 명실공히 당시의 대표적인 지식인이자 문학인이다.

그이는 1948년 초에 김구·김규식 등과 함께 당시 북한 측이 주관한 남북 연석회의에 참석 차 평양으로 갔다가, 북한 쪽의 간곡한 설득에 그대로 북에 남는다.

그러나 그이 스스로 분명히 밝혔듯이 공산주의자는 아니었다. 그 무렵 서울에서 발행되던 잡지 「신세대」의 1948년 5월호에 실린 대담에서 그이는 자기 입장을 분명히 밝히고 있다. 대담을 나눈 설정식이 "문학가동맹이 무얼 잘못한 일이 있습니까?"라고 항의조로 묻자 이렇게 답했다.

"나는 문학가동맹과는 관계도 깊고 또 아는 사람도 많지만, 어느 일부 사람들은 내가 늘 주장하는 '홍익인간'이나 '민족주의'에 대하여 심하게 반발하고 있는 것 같아요. 8·15 이전에 내가 공산주의자가 못 된 것은 내 양심의 문제였고, 8·15 이후에는 또 반감이 생겨서 공산당원이 못 되었오. 그래서 나 같은 사람은 공산당원이 되기는 여엉 틀렸오. 그래서 공산주의자들은 나 같은 사람을 보며 구식이라고, 또 완고하다고 나물하겠지만, 그래도 내가 비교적 그러한 비판들에 대해 이해는 하는 편이지요. 그러나 요컨대 우리의 주의주장의 표준은, 그가 혁명가적 양심과 민족적 양심을 가졌는가, 안 가졌는가 하는 것으로 규정지을 수밖에 없지……."

그러니까 그이는 자신의 혁명가적, 민족적 양심에 따라 북한을 선택했다는 셈인데, 그 뒤 북한 정권이 성립되자 곧장 내각 부수상의 자리를 맡는다. 북한에서 그이는 김일성·박헌영 등과 함께 소련 방문 길에 오르기도 하며 근근이 1968년까지 80 평생을 견뎌내지만, 일종의 들러리였을 뿐이다. 월북한 문학인과 지식인들 거개가 숙청이나 처형을 당하는 속에서 그렇게 끝까지 천수를 다했다는 것부터가 조금 어이없기도 하지 않은가.

1948년은 5·10 총선거로 남한 단독정부가 수립된 해다. 그즈음 문단 내부의 좌우 이념 논쟁은 당대 대표적인 우익 논객 김동리와 좌익 쪽 김동석의 대담에서도 엿볼 수 있다. 당시 새로운 편집으로 발간되던 국제신문은 주필에 송지영, 편집국장에 정국은으로 독자들의 주목을 끌었는데, 한 번은 '민족문학의 새 구성'이라는 제목 아래 두 사람의 대담을 실었다.

김동리가 물었다. "프랑스의 사르트르 문학을 어떻게 보는가?"
김동석이 답했다. "물론 반동이다. 막다른 골목에 든 자유주의의 마지막 발악으로서 시대와 역사에 반항하는 발악문학 이외에 아무것도 아니라고 본다."
김동리가 받아쳤다. "나에게는 주의니 반동이니 그런 따위들이 문제가 아니다. 도대체 20세기의 문학은 무력하고 빈약하다. 실존주의든 공산주의든, 또 무슨 프로이트의 잠재의식의 문학이든, 모두가 문학정신들이 얕고 약하다. 하지만 우리의 형편은 반드시 그렇지만도 않다. 우리에게는 서구 사람들과 같은 그런 20세기가 애당초에 아니다. 우리에게 있어서의 현대는, 그 사람들의 18, 9세기를 합친 것에 또 동양이란 특이한 전통을 갖고 있다."
김동석이 반박했다. "바로 그것이 문제이다. 20세기 문학을 부정하는 그 이론이야말로 대단히 중요하다. 김 군이 20세기 현재의 문학을 저조하다고 보는 것은 당연하다. 그건 왜냐하면 김 군의 문학은 20세기 이전의 문학이기 때문이다. 바로 그 지점에서 완고한 자기를 폭로하고 있는데, 바로 그것은 김 군의 문학이 과거에 속하는 문학이기 때문이다."
김동리도 물러서지 않았다. "이 자리서 어떤 말을 하건, 그건 우선 김동석 군의 자유라고 해두자. 하지만 오늘날의 우리 문학을 서구의 20세기 문학이란 개념에다 접속시키며 한 묶음으로 일괄

하려는 자네의 그 기계주의와 공식주의는 내 경우로 볼 때는 문자 그대로 난센스이다."

이 두 사람을, 8·15 뒤에 중국 상해에서 마악 돌아온 박거영이라는 시인이 명동 초입에 차렸던 자기 사무실 2층에다 불러 서로 화해하기를 도모하기도 하였지만, 그건 동리 말대로 당시로서는 넌센스였다.

이 무렵 어느 날은 그런, 그 너머에서 서성거리는 거지꼴의 행려병자 하나가 있었다. 바로 '보리피리'의 문둥이 시인 한하운이었다. 좌우 이념 논쟁이 치열하던 당시 풍경과는 따로 노는 이질적 장면이라 하겠다.

어떤가. 대강 60여 년 전의 우리 문단 풍경은 6·25 전쟁 전이어서 아직은 좌우 피아간에 요 정도의 온기는 아직 남아 있었다.

시인 한하운이 운영하던 인천 십정농장 안의 자택

김동리 선생과 손소희 여사

이미 익히 아는 사람들은 죄다 알고 있지만, 1950년 별안간에 6·25 남침이 일어나 사흘 뒤 서울이 북한군에 전격적으로 함락되었을 때, 저들이 제1급 죄인으로 찾아 나섰던 사람이 바로 김동리였다.

당연히 그랬을 터이었다. 1945년 해방 뒤 48년 대한민국이 수립되기까지 3년간 남한 내 좌우 간의 이념싸움에서 문화전선의 맨 앞에 나섰던 사람은 다른 사람 아닌 바로 동리였으니까.

한데 그 동리도 그야말로 청천의 벽력이었다. 미처 몸을 뺄 사이도 없이 북한군이 서울을 점령해 버렸으니 어쩔 것인가. 그때 그 어려운 사정을 재빨리 알고 손을 써주었던 사람이 바로 손소희였던 것이다.

그 무렵 손소희는 전숙희와 같이 1948년부터 명동 초입에서 다방 '마돈나'를 경영하고 있었던 것이었다. 그렇게 그 다방은 처음부터 문화인, 특히 그중에서도 문학인들이 단골로 드나들었었다. 30대 초반의 두 사람을 떠올릴 때 '마돈나'라는 이름은 썩 잘 어울려 보인다. 손소희와 전숙희, 30대 초반의 두 미인이 하는 다방으로 '마돈나' 이외에 과연 어떤 이름이 합당했을 것인가.

시인 정지용·김영랑, 뒤에 월북했던 이용악 등이 드나들고, 그밖에도 내로라 하는 문학인들이 드나들며 두 마돈나에게 갖은 추파에 갖은 작태들을 보였을 것이다. 체구 자그마한 중견작가 동리도 예외는 아니었다. 단골 가운데 한 사람이었다. 이렇게 동리, 손소희 두 사람이 운명적으로 만나게 되는 것이다.

지금 미국 뉴욕에서 수필가로 활동하며 현지의 문인협회 회장도 맡고 있는 이계향이라는 미인은 1948년 그 무렵에는 충무동 쪽에서 다방을 하였는데, 이쪽으로는 당시의 내로라하는 정치인들이 주로 드나들어, 그이도 끝내는 당시의 한국민주당 거물이던 모씨와 결혼, 뒤에는 가회동의 대저택에서 자유당·민국당 등 정치계 거물들의 '살롱 여왕' 노릇을 하게도 되는 것이었다.

한편 현재 서울 종로2가 초입의 종각이 서 있는 자리, 그러니까 바로 화신백화점 맞은편에 자리 잡은 6층 건물 한청빌딩에 8·15 해방 직후 좌익 문학인들의 본거지 '문학동맹'이 있었다. 당시 문학평론가 임화를 중심으로 소설가 김남천, 이태준, 설정식 등이 그곳에서 노상 죽치고 있었다고 한다.

익히 아시다시피 그 무렵 동리는 좌우 문학 대결에서 우익 대표로서 맹활약을 하며 논진을 펴고 있었다. 이것도 70년대 어느 날인가 동리에게서 내가 직접 들었던 이야기인데, 그 무렵 한 번은 선배 소설가 이태준으로부터 긴히 할 말이 있으니 좀 만나자는 기별을 받고 한청빌딩 쪽으로 찾아갔었는데, 뻔할 뻔 자, 자신을 저들 편으로 포섭하려던 것이었다고 한다. 그이가 그곳 돌아가던 분위기에서 받았던 첫 느낌은 '이건 아니다, 제대로 문학을 하려는 동네는 아니다', 결코 자기가 근접할 동네는 아니라는 강한 거부감이었다고 한다.

그러다가 그이들도 죄다 줄줄이 월북한 뒤 1955년 내가 문단에 첫 데뷔할 무렵 한청빌딩에는 장준하가 하던 「사상계」 잡지사가 세 들어 있게 되고, 맨 꼭대기의 본시 헛간이었던 듯한 길쭉하게 생긴 사무실 하나에는 오영진, 박남수, 원응서 등과 장준하와 동향인 서북문인들 몇이 꾸리던 「문학예술」사가 들어 있었다.

더구나 40년대 말에 월북했던 그이들은 줄줄이 북에서 처형을 당하였고, 장준하도 50년대, 60년대의 이 남쪽 사회에서 형무소를 들랑날랑하다가 70년대 중엽에 이르러 이상한 임종을 맞는다.

그 한청빌딩은 또 어쩌다가 그러저러하게 파란만장했던 이 땅의 40년대 말에서 70년대 초에 걸쳤던 이 나라 문화마당의 한가운데에 휘말려 들게 되어 있었던지, 이것도 그 무슨 운명의 희롱이나 아니었던가 싶어진다. 우리 문화계 이면사의 기본 터를 바로 그 한청빌딩이 맡아냈던 것이다. 그리하여 지금에 와서는 그렇게도 파란만장했던 옛 자취마저 전혀 찾아볼 수 없고 그냥 종각으로 변해 있다.

환도 뒤 1953년부터 1970년대 중반까지 또 그런저런 일을 겪으며 서대문형무소까지 드나들고, 그 안에서 같이 옥살이까지 살며 한 사동(3사동 상층)에서도 잠깐 마주쳤던 장준하까지 새삼 떠올리면, 벌써 그 일이 이렇게도 옛날이 되었는가 싶으며 만감이 교차하기도 한다.

각설하고, 암튼 동리와 손소희는 그렇게 마돈나 다방에서 처음 만나 사귀게 되거니와, 이건 뒤에 동리에게서 내가 직접 들은 이야기지만, 그때 손소희는 소설을 쓴다고는 하였지만 도무지 읽어낸 것부터 너무 너무 박약하더란다.

그리하여 자신이 다방 안에서 마주 앉아 문학공부를 처음부터 다시 시켰노라는 것이다. 셰익스피어, 괴테, 도스토예프스키, 톨스토이, 고골리, 투르게네프, 스탕달, 발자크, 빅토르위고, 플로베르, 모파상, 안톤 체호프 등등. 그밖에도 세계적인 고전들을 섭렵하도록 이끌었으며, 그렇게 일본 신조사新潮社에서 간행되었던 37권짜리 세계문학전집부터 우선 사그리 읽어 보도록 하였다는 것이다.

본시 손소희는 함경북도 경성군 어랑면이라는 곳에서 태어났다. 그 뒤 일본 대학에 잠깐 다녔다는 것만 확인이 될 뿐 어릴 때 자라던 이야기 같은 것은 본인이 한 번도 발설하지 않아 우리 문단 성원 중 누구 하나 자세한 내용은 모른다.

1975년 이른 봄날. 왼쪽부터 김관식, 송숙영, 한승원, 이호철, 한말숙, 박화성, 모윤숙, 손소희

손소희는 이승에서의 삶을 마감할 때까지 끝까지 철저했다. 그 점에 한해서만은 완강하게 입을 다물었던 것으로 나는 알고 있다.

손소희는 왜정 말기에 어찌어찌 현 동북 중국의 장춘長春에서 구만주국 치하의 만인일보 기자로 입사하여 염상섭, 안수길, 윤금숙(뒤에 소설가 김송의 부인) 등과 같이 기자로도 활동했는데, 그것도 요즘으로는 먼먼 옛날의 그 무슨 동화 속 이야기로밖에 상상이 안 된다.

러시아혁명을 피해 흘러 흘러 남하해온 러시아 귀족들의 마지막 기착지인 하얼빈 거리가 요즘의 우리로선 꿈결의 도시 같듯이, 어쩌다가 젊은 손소희가 그 시절의 만주 땅으로 흘러들었는지는 알 길이 없다. 하긴 함경북도 경성 땅에서 그곳 만주 땅은 강 건너 지척이었으니까 일단 그럴 법해 보이기도 한다.

그렇다면 일본 대학은 또 뭔가. 어느새 일본 땅으로 건너갔다가 다시 바다를 훌쩍 건너뛰어서 만주 땅으로 들어갔더라는 말인가. 지금과는 비교가 안 되는 그 무렵의 어려웠던 교통편을 생각하더라도 이미 이때부터 젊은 손소희의 야망과 포부와 배짱이 웬만한 남자 이상으로 만만치는 않았으리라는 것이 대강 짐작이 된다.

그 시절 이 땅의 여인들과 비교해 볼 때 격세지감으로 발자취가 크고, 이미 그 속에 그 나름대로의 영광과 파란의 운명을 안고 있었던 것이었다.

그렇게 돌아 돌아 돌다가 8·15 해방 뒤에 서울 명동 초입에서 전숙희와 같이 마돈나 다방을 차려 그 당시의 정처 없던 문학인들의 심심파적 쉼터를 경영하다가, 운명적으로 동리와 만나 본격적으로

소설 수업을 받게 된다. 그것도 잠깐, 6·25 전쟁이라는 회오리에 휘감기며 두 사람은 전격적으로 '하나'로 합쳐지는 것이다.

1940년대에서 50년대, 60년대, 70년대의 우리 문단을 좌지우지했던 동리의 문단사적 큰 자취를 보자면 이 손소희를 그냥 지나칠 수는 없다. 나 자신부터가 이 무렵의 일을 살아생전의 동리에게서 몇 마디 들어보기는 했지만, 그때 이야기를 덤덤하게 하는 동리도 그 이상 싱거워 보일 수가 없었고 그냥 덤덤하게 들어 넘기던 나도 싱겁기 짝이 없었다. 세상만사 지내놓고 보면 매사가 그런 것이기는 할 것이지만.

바로 손소희는 별안간에 북한군의 서울 진주로 오갈 데 없어진 동리를 자기 집의 안방 천장 위에 숨기는 것이다.

그러니 어떠했을 것인가. 그렇게 숨겨준 손소희는 어떠했겠으며, 그런 모습으로 숨어 지낸 김동리는 또 어떠했을 것인가. 그해 6월 28일부터 9월 28일, 바로 유엔군이 서울을 다시 탈환할 때까지 석 달 동안 동리의 매 끼니를 손소희가 손수 끓여 날랐으며 그렇게 차츰 뜨거운 사랑이 싹텄던 것이었다. 아니, 이 경우는 두 사람 다 잡히면 뻔할 뻔 자 인민재판으로 끝날 것이 확실한, 말 그대로 삶과 죽음의 경계선 상에 자리해 있었던 것이어서, 필경은 하루하루가 처절했을 것이었다.

이런 경우는 당해본 사람이 아니면 모르는 것이다. 그런 일을 겪고 나서 말 몇 마디로 쉽게 얘기될 수 있는 성질도 애당초에 아니다. 더구나 그때 손소희는 모모 통신사에 근무하던 심 모라는 남편까지 엄연히 있었다. 그 남편은 북한군 치하에서도 괜찮을 만한 그 당시로서는 조금 좌경적 지식인이었다는 것만 알 뿐, 그밖의 자세한 내용은 나도 모른다.

아무튼 그런 그이 덕에 끝까지 석 달 간을 동리는 감쪽같이 그 댁 천장 위에서 숨어 지낼 수가 있었지만, 매일매일 얼마나 조마조마했을 것인가. 바로 그 조마조마함도 덤으로 가세하여, 한낮에도 어두컴컴했던 천장 위에서의 동리와 손소희의 격정은 명실공히 구경究竟까지를 달렸을 것이다.

그렇게 두 사람은 다시 1·4 후퇴를 맞아 부산으로 내려와서는 이제는 드러내놓고 그 어느 누구의 눈치를 볼 필요도 없이 두 사람만의 보금자리를 꾸려내는 것이다. 요행스러운 것은 손소희에게는 본시 자식이 없었다는 점이었다.

동리의 삶과 문학

김정숙이 쓴 『김동리의 삶과 문학』이라는 책을 보면, 6·25 전쟁이 터진 직후 서울에서 3개월간 숨어 지냈던 김동리의 실황이 자세히 나온다.

북한군이 서울을 점령한 뒤 월탄을 비롯해 김동리·조연현 등이 지명수배되는데, 동리는 이 소식을 그의 친형인 범부 선생의 제자이며 조연현의 6촌 동생이던 조진흠으로부터 전해 듣고 처음에는 그의 도움으로 동대문 밖 어디론가로 피신했다. 김정숙의 그 책은 이 무렵의 동리 움직임을 친조카(범부의 셋째 아들)의 증언을 인용해 전한다.

동리는 북한군 점령 초기에는 돈암동 집과 동대문 밖의 어느 집에서 숨어 지냈는데 그 당시 그 조카는 대학 다니면서 하숙을 하였고, 재동의 아버지(범부) 집(대자의원 안채)에는 벌써 점령군 쪽의 무슨 간판이 붙어 있어 함부로 드나들 수도 없었다.

그래서 그 무렵 어느 하루는 묵정동의 조진흠 씨 댁엘 찾아갔는데 "내일 몇 시에 어디로 나오라"고 하여, 다음날 그곳엘 나가보니까

"작은 아버지(동리)가 너를 좀 보자고 한다"고 해서 깜짝 놀랐다.

한밤중 어둠 속에 허허벌판 논둑길과 미나리 밭을 지나서 가본즉, 허름한 집 한 채가 있는데 들어가서 미리 들었던 대로 그 집 천장의 베니아 판자를 미니까 그 안에 작은 아버지 동리가 계셨다. 그렇게 무슨 쪽지 하나를 주면서 "종각 옆에 큰 빵집 하나가 있다. 그곳으로 어서 가서 여주인을 찾아 이걸 전하여라" 하여, 뒤에 알고 보니 그분이 바로 손소희 여사였다.

다음날 또 그곳을 찾아가니, 맛있는 빵을 많이 주어서 양껏 먹고 일어서려는데, 또 한 보따리 빵을 싸 주면서 "밤이 되거든 작은 아버지에게 갖다 주거라" 하였다. 서너 번 그런 심부름을 되풀이했는데, 그러다가 조진흠 씨도 행방불명이 되었다.

이런 증언으로 미루어 그때 동리가 서울에서 석 달간 숨어 지냈던 것은 이리저리 옮겨 다니기도 하였지만 시종 손소희와는 연락이 닿고 있었고, 그렇게 손소희도 갖은 위험을 무릅쓰면서도 동리만은 끝까지 헌신적으로 감당했던 것 같다.

결국 1·4 후퇴 뒤에 동리는 부산 서대신동에 가족들과 함께 거처를 정하고는 손소희와도 따로 살림방을 마련하는데, 어느 날은 본부인께서 그 집을 기습해 난리를 피우기도 한다. 이 일이 알려져 기자들이 취재를 하고 당시 부산 중앙일보의 특종 기사가 되기도 하여 그 날짜 신문은 아예 그 부분만 접어서 팔려, 가두판매 역사상 최고 부수가 팔렸다던가.

그때 그 특종기사가 나갔던 신문의 사회부장은 오소백이었고, 사회부 기자였던 정영태 시인은 동리의 조카사위여서 그 기사를 못 막은 일로 동리와 그 뒤 10년간이나 의절상태가 이어졌다.

당시 손소희는 이 일에 대해서 다음과 같이 자기 입장을 짧게 밝힌다.

"대구로 증발해 버릴 채비를 한창 하고 있을 때 부산 바닥을 송두리째 깨버릴 수 있을 정도의 폭발물이 터졌다. 그 기사는 20%의 사실에 80%의 픽션이 섞여 우리의 결합을 세상에 광고해준 격이었다. 그것은 또 운명을 수용하는 체념을 굳혀주는 역할도 거뜬히 담당해 주었다. 그것은 나와 김동리 씨 결합이 가져다준 보상이었고 형벌이기도 하였다"라고.

더구나 앞서 말했듯 그때 손소희는 모모 통신사에 간부로 근무하던 심 모라는 남편까지 엄연히 있었다.

그리고 나는 그때 임시수도 부산에서 동리와 손소희 간의 그런 사건도 전혀 모르고 넘어갔다. 북에서 불과 열여덟 살에 갓 피난 내려와서 부두 노동을 하고, 혹은 초장동 제면소에 일꾼으로 있었으니, 그때 부산 바닥에서 문학인들 간에 그런 일이 있었다는 것에는 아예 관심조차 못 가졌었다.

하지만 나도 그 몇 년이 지난 뒤인 1956년에는 「문학예술」 1월호에 단편 '나상'이 두 번째로 추천 완료되면서 작단의 맨 끄트머리에 들어서 저녁이면 명동 '문예살롱' 다방에 드나들었고, 그때 회장을 맡고 있던 동리의 직접 권유로 주호회酒好會 일원까지 되면서야 뒤늦게나마 그런 이야기들도 들을 수는 있었지만, 그때는 원체 후일담이라 별로 놀랍지도 않았었다.

하지만 그 무렵, 그러니까 1956년 가을쯤으로 기억된다. '문예살롱' 다방에서 손소희 씨가 조용히 나를 구석자리로 불러 막걸리 값이나 하라고, 그때의 나로서는 거금에 해당할 만한 돈을 두 차례씩이나 주면서 이 일을 누구에게도 발설하지 말라는 것을, 박재삼이랑 몇몇에게는 자랑삼아 떠벌렸는데. 사실은 그때 그 돈은 손소희 씨가 허윤석에게 전하라는 "곗돈" 심부름을 몇 차례 했던 수고비 같은 것이었다.

한데 이 일을 뒤에 알게 된 동리가 손 여사께 잔소리를 하여 부부간에 조금 다툼이라도 있었던지, 그 얼마 뒤에는 손 여사가 나한테 가볍게 핀잔하는 소릴 했었다. 그때는 그 일도 나는 그저 무심하게 넘겼었는데, 나이 팔십에 이른 지금에 와서 가만 가만 거듭 생각해보니 그 무렵의 동리 나이도 40여 세쯤이었을 것이니 약간의 '질투성' 푸념이기도 했겠다고, 동리의 어느 인간적 단면까지 흘깃 와 닿는 느낌이다.

전쟁 직전 명동 다방과 문인들

6·25 전의 서울 쪽 문단 분위기를 명동 일대 풍경을 통해 들여다보겠다. 당시 소공동에서 '하루삥'이라는 다방을 하던 장만영 시인이 다시 충무로로 옮겨와서 '비엔나'라는 다방을 열었다. 이 다방에는 김기림, 조병화, 김용호, 김경린, 선우휘, 김광균, 김병욱 등이 드나들었다. 장만영이 '산호사'라는 출판사를 하며 호화판 시집도 발간한 인연으로 시인들도 들락거렸다.

그런가 하면 '비엔나' 맞은편 골목에는 '휘가로'라는 다방이 새로 문을 열어 시인 전봉래가 아침부터 저녁까지 종일 살다시피 했다. 시인 전봉건의 형인 그는 전쟁 중 피난지 부산에서 자살해 문단에 충격을 던졌다. 더러는 시인 김수영이 노란 스웨터와 멋진 양복에, 넥타이에 캡까지 쓰고 나와 특유의 큰 눈동자를 뚜웅하게 벌려 뜨고 심각한 얼굴로 혼자 앉아 있곤 하였다.

유심히 그 김수영을 보던 한 손님이 그 무렵 어느 날인가는 잠깐 같이 나가자고 하여, 김수영은 얼떨떨한 얼굴로 따라 나섰다.

이 광경을 본 다방 마담이 조금 뒤숭숭해하며 걱정을 하고 있는

1961년, 시인 김수영과
누이동생 김수명

데, 잠시 뒤에 김수영은 돌아와 자리에 털썩 앉았다.

"누구세요?" 하고 마담이 묻자, 김수영이 뾰루퉁하게 말했다.

"뭐, 형사라나. 내 얼굴과 내 옷차림이 대관절 어디가 어째서 수상하다는 거야? 뭐하는 사람이냐고 묻잖아. 무슨 사건이라도 저지를 사람으로 보이는 모양이지. 기분 잡치게."

또 근처에는 '수선사'라는 출판사가 생겨 주로 서북쪽의 계용묵·백철·정비석·허윤석 등이 드나들었고, 관북 쪽의 신상옥은 '악야'라는 영화를 감독하느라 틈만 나면 그 작품의 저자인 김광주와 만나 쑤군덕거리곤 하였다.

한편 명동 건너편 경향신문사 옆에는 '풀라워'라는 널찍한 레스토랑 같은 다방이 문을 열어 김동리, 조연현, 박목월, 조지훈, 곽종원을 비롯해 주로 경상도 쪽 '청년문협' 문학인들이 모이곤 하였다. 다방이 원체 넓고 커서 이 무렵의 출판기념회는 대부분 이곳에서 열렸다. 김동리의 「황토기」, 서정주의 「귀촉도」 등의 출판기념회도 여기서 열렸다.

홍효민의 소설 「인조반정」의 모임에서는 약간의 실랑이가 벌어지기도 하였다. 그 자리에 조금 늦게 술이 취해 어쩌다 들어선 정지용이 냅따 소리를 질렀던 것이다.

"'효민의 밤'은 다 뭐고, '인조반정'은 또 뭐냐. 뭐? 역사소설이라구? 참 가관이다 가관. 그런 걸 소설이라고? 당신네들도 참 웃긴다."

그러자 수모를 당한 홍효민보다, "여기까지 와서 무슨 행패요" 하고 그 모임에 모인 손님들이 더 화통을 터뜨리며 일어났다.

보다 못해 젊은 누군가가 정지용을 밖으로 끌어냈다. 이리하여 실랑이는 문밖 거리에서까지 이어지고, '효민의 밤' 모임은 어색하게 끝났다.

바로 그즈음에 좌우합작이니 남북협상이니 하는 소리가 온통 사태를 이루더니, 1948년 4월 19일 김구, 김규식 등이 38선을 넘어 평양으로 들어간다는 소식이 신문마다 대문짝만하게 났다.

당시 명동에는 신문기자들도 많이 드나들었기 때문에 이 소식이 가장 먼저 알려진 곳도 명동거리 다방과 대폿집들이었다. 김구 선생을 따라 평양까지 갔다가 온 신문기자들 태반은 하나같이 열들을 내며 길길이 날뛰었다.

"남북협상, 웃기는 소리야. 북한의 계략이었어. 저들의 계략에 넘어가 허행했던 김구 선생님만 딱하게 됐어. 김구 선생이야 오로지 애국애족 일념뿐이었는데."

대폿집들에서 신문기자들이 술에 취해 호통을 치며 소리를 질러 여느 손님들도 하나같이 침통해 있곤 하였다.

하지만 이런 일이 있은 지 불과 스무날 뒤에 5·10 선거가 치러져

제헌국회가 열리고, 8월 15일에 이르러서는 대한민국 정부가 출범하게 된다.

당시 정부 수립 경축식 실황을 취재했던 기자들이 축배를 들고자 명동 쪽으로 나와 문학인들과 어울려 술잔을 나눌 때 한쪽에서는 다른 목소리도 들렸다.

"남한만의 단독정부는 남북의 분열, 국토 양단을 영구화하는 것이라고 하신 김구 선생의 노선을 나 같은 사람은 지지하기 때문에, 노형들의 그 경축 기분, 나는 반갑지 않소이다."

그렇게 반대하고 나서는 손님들도 있어, 이 무렵 한동안은 좌·우, 중간 사람들이 더러는 한데 어울려 술을 마시는 모습도 없지 않았다.

하지만 북한은 북한대로 그 직후인 9월 9일을 기해 '조선민주주의인민공화국'이라는 단독정부를 수립, 김구와 함께 평양으로 들어갔던 벽초 홍명희 같은 사람은 그 정부의 부수상 자리에 오르고 있었으니…….

그리고 그 이듬해 옛날 조흥은행(지금의 롯데백화점)의 명동 쪽 맞은편에 있던 5층 건물 문예빌딩에서는 해방 후 최초의 본격적인 문학 전문지 「문예」가 월간으로 창간된다. 「문예」는 모윤숙 대표에 김동리 주간, 조연현 편집장의 진용으로 출발했다. 그 건물 지하에는 '문예살롱' 다방도 생겨나 저녁마다 문학인들이 모여들었다.

문예살롱 동편의 명동 골목에는 '동방살롱'이 문을 열어 이해랑, 황정순 등 연극 영화인들을 비롯해 음악인, 화가들과 문학인으로는 이봉래, 양명문, 박인환, 백철, 조애실 등이 드나들었다. 또 거기서 코 닿는 곳에는 소설가 이봉구가 노상 지키던 다방 '모나리자'와 '은

성' 술집이, 그리고 다시 그 남쪽 명동파출소 뒤쪽 골목으로는 젊은 이들이 많이 드나들던 음악다방 '돌체'가 성황을 이루며, 본격적으로 남한 문화계가 생겨나게 된다.

피난수도 부산의 여장부들

임시수도 부산 피난 시절의 우리 문단은 동리와 손소희의 애정 편력으로도 점철되지만, 한편으로는 무시무시하게 삼엄한 측면도 없지 않았다.

바로 조경희, 노천명 등의 경우가 그렇다.

1918년생인 조경희는 왜정 때의 이화여전 출신으로서 그 무렵 폐간되기 이전의 조선일보 학예부에 입사, 기자생활을 시작한다. 그 당시의 학예부장은 시인 김기림이었다.

조경희는 이화여전 재학 시부터 벌써 조선일보에 학생칼럼 같은 것이 실려 그런 연줄로 졸업하자마자 특별 스카우트 되었다고 한다.

예나 지금이나 비록 생김새는 솔직하게 말해서 별로 볼품이 없지만 타고난 활달함과 빠른 말씨의 뛰어난 재담, 그 어떤 무거운 자리도 대번에 자기 페이스로 끌어당겨 휘어잡아버리는 순발력과 담력에 있어서만은 젊었을 때부터 남녀 통틀어 이 나라에서 둘째가라면 서러워할 사람이 바로 조경희였다.

태어난 곳은 경기도 강화. 옛날부터 내려오던 말이 있지 않은가.

깍쟁이 개성 사람이 수원 사람에게는 못 당하고, 물속 백 리를 기어 간다는 그 수원 사람을 이겨 먹는 것이 바로 강화 사람이라고. 조경희야말로 바로 강화 사람의 표본 같은 사람이었다.

조경희의 젊었을 적부터의 이 뛰어난 능력을 해방 직후의 이 나라 정국이 그냥 내버려둘 리가 없었다. 젊은 조경희는 1947년 그 무렵 명동서점 주인 김희봉이 하던 「대중문예」지 사무실에도 벌써 들락거리며 문인이며 화가들과도 폭넓게 낯을 익힌다. 아니, 이미 그 전부터 조선일보 학예부 기자를 했으니, 새삼 낯을 익히고 자시고가 없었다. 조경희로서야, 문화예술계의 대가건 중견이건 신인이건 싸잡아서 모두가 자기 휘하에 있는 사람들이나 다름없었다. 더구나 이화여전 동창이던 이은영이 그 잡지의 여기자로 있었고, 그녀는 학교 적부터 조경희와 단짝이었던 것이다.

결국 이은영은 그 얼마 뒤에 북한으로 넘어가는 어느 예술가와 눈이 맞아 같이 월북을 해버리지만, 조경희도 친구 따라 강남 가듯이 그런 쪽과 전혀 무관하게 지낼 수는 없었을 터였다. 원체 해방 직후의 초창기여서 좌우 인사들이 더러는 같이 어울려서 드나들기도 예사였던 것이다. 아니, 어떤 사람을 두고 딱히 좌우로 분별해서 보지를 않았었다. 제일다방이나 마돈나다방을 드나드는 정지용은 그저 시인 정지용이었고, 이용악도 단지 시인 이용악이었을 뿐이었다.

그 무렵 아직 미분화 상태였던 그런 쪽의 풍속은, 다음 일화 한 토막도 대표적인 사례가 될 것이다.

문화인 중에 조금 왼쪽으로 삐딱한 인사가 있어 당국이 모종의 혐의를 잡고 다방으로 찾아와 임의동행 형식으로 데려가게 되면, 그

다방에 같이 앉아 있던 동료 문화인들은 푸짐하게 차려진 어느 연회 자리에 그이 혼자만 초청받아 가는 줄로만 알고 썩 부러워들 하곤 했다고 한다. 하여, 심지어 혹자는 연행하러 온 그 경찰에게 왜 그이만 데리고 가느냐, 나도 같이 따라가면 안 되느냐고 마구 떼를 쓰기도 했다던가. 그로부터 60여 년이 지난 지금에 와서 돌아보면 그야말로 호랑이 담배 피던 호시절이었다.

그러나 그 뒤 차츰 좌우 싸움이 극으로 치달으면서 날로 험해지다가, 끝내 6·25 전쟁과 함께 북한군이 서울에 입성한 뒤 조경희는 7월 13일 서울 구치소에 갇힌다. 그렇게 두 달 가까이 갇혀 있다가 9·28 수복되기 며칠 전에야 풀려났다.

그런데 9·28 서울 수복 뒤에 조경희는 다시 노천명과 함께 서울 구치소에 수감된다. 그렇게 그이는 9·28 수복 뒤 서울의 군사재판에서 사형 언도까지 받고, 다시 1·4 후퇴 때는 푸른 죄수복에 수정手錠까지 찬 중죄인으로 열차를 타고 부산으로 호송된다. 그리하여, 그 남쪽 항도 부산에서 드디어 귀인을 만난다. 그 귀인인즉 바로 조연현 등 몇몇 사람이었고, 이들의 석방운동 뒤에는 그 무렵의 막강한 실력자 모윤숙의 콧김이 있었을 것이다.

그렇게 험한 고비를 넘기고 나서 요즘 본인은 "그까짓 얘기 하고 싶지도 않다. 그 무렵의 일은 너무너무 어이가 없어 떠올리고 싶지도 않다"며 완강하게 입을 다물지만, 다만 이화여전 선배이자 시인인 노천명과 연루되었던 일이라는 것만은 내비쳤다.

그리고 그 노천명 뒤에는 이미 여간첩으로 처형당했던 김수임이가 자리해 있었을 것이다. 그리고 그 김수임 사건은 모윤숙도 이미 손을 써볼 수 없었을 정도로 어마어마했던 것이었다.

그렇게 둘 다 군사재판에서 사형 언도까지 받았던 중죄인으로 포승에 묶여 호송되었다가 임시수도 부산에서 특별조치로 용케 풀려나온 뒤에 곧바로 노천명은 임시수도의 KBS방송국에서 구성작가로 일을 하게 되고, 조경희는 부산일보 문화부 기자로 들어가 문화부 차장, 문화부장까지 역임하게 된다.

사실은 북한군이 그렇게 서울에 들어왔을 때는, 이미 오래 전에 서울의 대한극장 앞에서 야간에 택시에 치여서 세상을 떠났던 고 유한철 씨라든지, 한때는 이상 시인과 동거하기도 했다가 말년에는 김환기 화백의 부인이었던 김향안 같은 분도 그런 쪽으로 혐의가 있었던 모양인데 무사하게 넘겼다고 한다.

통 큰 여자 모윤숙

옛날의 문예빌딩은 2015년 지금도 그 모습 그대로 남아 있다. 롯데백화점 명동 쪽 맞은편의 6층 빌딩이다.

일설에는 이승만 대통령이 모윤숙 여사에게 하사했다고도 하는데, 사실 여부는 확인한 바 없다.

모윤숙은 「렌의 애가」의 저자로도 널리 알려져 있고, 춘원 이광수와의 사랑설도 항간에 심심치 않게 나돌았지만, 그보다도 1948년 이 나라가 처음 건국될 때 대 미국, 유엔 외교에서 당시의 이화여대 총장 김활란 박사와 함께 눈부신 활동을 한 것으로 이름이 더 높다.

또한 장면 박사, 조병옥 등과 함께 유엔 외교 무대에도 나서고, 인도의 메논 씨와 애틋한 사랑 소문을 퍼뜨리기도 하였다.

훨씬 뒤에 내가 모윤숙에게서 직접 들은 바에 의하면, 메논은 영국에서 공부한 사람답게 무척 신사였고 지식인이었다고 한다.

경주를 비롯하여 고궁들을 자신이 직접 안내하며 우리나라의 옛 문화를 소개하고 시를 읊어 주기도 했는데, 뒤에 그이의 초청으로 인도로 가 아그라에 있는 유적들을 안내받고는, 우선 그 어마어마한

규모에 압도당하면서 우리네 경주의 불국사나 고궁을 안내했던 일도 슬그머니 창피해지더라는 것이었다.

춘원 이광수에 대해서도, 이날 이때까지 자신이 만나본 사람 중에 그 이상 광채 나는 눈빛을 지닌 사내는 없었다고도 하였다. 그 다음은 더 캐물어 볼 수도 없었거니와, 아마도 안호상 초대 문교부장관과 결혼을 하게 된 것도 이 이광수의 권고였지 않았을까 싶었다. 그 무렵 이광수는 한때 독일에서 갓 돌아온 안호상에게서 독일어를 배우기도 했던 것이다.

모윤숙은 그렇게 안호상과 결혼을 하게 되는데, 그때의 결혼식 풍습은 그랬던 모양으로, 신부입장을 하는 데는 김활란 박사가 나란히

모윤숙(오른쪽)과 필자

서서 걸어 들어갔다고 한다.

한데 김활란 박사는 모윤숙이 그 순간에도 무척 망설이며 찜찜해 하는 기색이자, 귀에다 대고 살짝 속삭이더라는 것이다.

"그렇게나 개운치 않으면 어때, 지금이라도 그만두자. 그냥 이대로 집어치우고 나갈래?" 하고.

이로써 그 김활란 박사라는 분의 드물게 호담한 인간적 크기도 대충 짐작이 되거니와, 모윤숙도 도저히 그럴 배짱까지는 없더라는 것이다.

나는 이 이야기도 모윤숙 본인에게서 직접 들었었다.

1960년대 말에서 70년대 초에 걸쳐 화양동의 저택에 살던 모윤숙은 '라운드 클럽'이라는 모임을 만들어 매달 한 번씩 몇몇 문인들이 모여 저녁 먹고 술 한 잔씩 마시며 즐겼었는데, 그때의 주 멤버는 월탄 박종화를 비롯, 이산 김광섭, 이헌구, 안수길, 박진, 이항녕, 김종문, 전숙희 등 그밖에도 여럿이었다.

그때 우연히도 30대 초반인 나와 남정현과 박용숙이 이 멤버에 껴들었던 것이었다.

그때 내가 본 바에 의하면 그 당시 우리 문단의 남녀 통틀어 모윤숙만한 크기의 사람은 없었다. 서글서글하고 털털한 듯하면서도 어느 남성보다도 기국器局이 큰 사람이었다. 이 점은 나뿐만 아니라 남정현이나 박용숙도 서로 맞장구를 치며 확인한 이야기였다.

언젠가, 1966년쯤 될 것이다. 펜클럽 주최 지방 강연으로 대구, 마산, 부산을 연달아 다녀온 일이 있었다.

그때 모윤숙·곽복록이 일행으로 같이 갔었는데, 마지막에 대구에서 공식적인 일이 죄다 끝나 저녁을 먹으면서 술도 곁들여 몇 잔 마시고 여관에 들었다. 그러고 나서 곽복록은 펜클럽 상무이사여서 모윤숙이 들었던 방에 잠깐 들러 사무적인 마무리를 해야 할 참인데, 아무리 상대가 이미 늙은 할머니지만 혼자서 들어가기는 조금 찜찜했던가 보았다. 나더러도 같이 들어가달라고 하였다.

모 여사는 이미 파자마로 갈아입고 마악 자리에 누운 참이었다.

노크를 하고 문을 열자 모 여사는 "응 어서들 들어와요. 난 그냥 이렇게 누워 있을게. 양해들 하라구." 하고 그냥 베개에다 가슴을 얹고 엎드려 있었다.

나도 술도 얼근했던 김에 "어때요, 제가 안마 좀 해 드릴까요." 하자, 모 여사도 "좋지. 고향 젊은이에게 안마 한번 받아 보자꾸나!" 하였다.

나는 그대로 서슴없이 모 여사의 파자마 입으신 엉덩이를 타고 앉아 그렇게 등을 두드리고 주무르면서 능청 섞어 한마디 지껄였다

"야하, 영광이지 뭐에요. 모 여사님 등허리를 이렇게 타고 앉기는. 하나, 둘, 셋, 그러니까 내가 네 번째 정도나 될까요."
하자, 모 여사는 "비켜라, 이눔 자식." 하며 와락 등을 흔들어 나를 떼어 놓았다.

하지만 모윤숙이라는 분은 애당초에 이런 정도의 일로 꽁할 사람이 아니었다. 그 1분 뒤에는 언제 그런 일이 있었더냐는 듯이 서글서글한 본래의 그이로 어느새 돌아와 있었다. 그때도 나는 그이의 드물게 큰 인간적 기국을 새삼 느꼈었다.

모 여사는 나를 고향 사람이라고 하였지만, 그건 정확하지는 않

다. 그이는 본시 평안도 정주定州가 고향인데 고모 한 분이 원산 명사십리 옆 두남리에 살고 있어, 호수돈여고에 다니면서 방학 때면 그 고모 집에 와 있곤 했었다고 한다. 그렇게 명사십리를 세상에 알려 유명하게 만든 것도 모 여사였다. 그리고 아주 어린 때도 그 두남리 고모 집에 맡겨져서 자랐는데, 뒤에 스스로 생각해도 괴이한 습관 하나를 갖고 있었다고 한다.

그 두남리 건너편 2킬로미터쯤 되는 곳에 중청리가 있었다. 흔히 '충청개'라고 불리던 이곳에는 공동묘지가 있었다. 그때 어린 모 여사는 사람이 죽어 그쪽으로 상여가 올라갈 때면, 노상 신발짝을 양손에 들고 맨발로 그 상여 뒤를 쫓아가며, 상주보다도 더 서럽게 우는 재미에 한껏 맛 들여 있었다고 한다. 그렇게 무덤까지 쫓아 올라가서 한바탕 울고 배불리 음식을 먹고 돌아오면, 그새 애가 없어졌다고 고모 집에서는 온통 난리법석이었으나, 어린 모윤숙은 시치미를 뚝 떼고 들어가, 상여 뒤를 따라갔던 기척은 털끝만큼도 내비치지 않았다던 것이다.

이런 점으로 미루어 보아 모윤숙은 어릴 때부터 매사에 남다르게 민감하면서 '애어른' 같은 능청스러움도 있었던 것 같다. 상여 나가는 것을 그다지도 좋아했었다는 것도 그만큼 시인의 자질을 뜻하는 것이 아니었을까. 그녀의 바로 이런 점이 뒤에 「렌의 애가」 같은 시도 나오게 했을 터이다.

앞에서도 흘낏 비쳤지만, 나는 지난 60년간의 문단 생활에서 남녀 통틀어 내가 만나본 글쟁이라는 사람들 가운데 모윤숙만큼 인간적 기국이 크고 부피가 있는 사람을 달리 본 일이 없다.

그러기에 모윤숙은 이 나라 건국 초기에는 유엔 외교 무대에서 그만한 활약도 했을 터이지만, 그런 그이도 '예술원' 창립을 둘러싸고는 후배 문인들에게서 헌신짝 버려지듯이 밀려나 자신이 창간했던 「문예」 잡지도 스스로 엎어 버린다.

그리고 바로 이 점이야말로 그 무렵 체제 초기 때부터 이 남쪽이 북쪽 체제와 다른 점이 아니었을까.

절대적인 강자가 따로 없고, 그때그때 시세 따라서 얼마든지 새 실권자가 떠오르며 나서는 것이다. 이런 일이 얼마든지 가능한 것이 바로 이 남쪽 대한민국이었다. 특별한 강자라는 게 따로 없고 누구나가 1 대 1 똑같은 자격이었다. 선후배 간의 차이는 일단 있었지만, 문학적 평가나 그 어떤 '이권'이나 '자리'를 두고의 다툼에서는 똑같은 자격으로 1 대 1이었다.

한 표의 자격, 바로 이 점, 이렇게 누구나가 자유천지의 혜택을 누릴 수 있다는 점이야말로 북쪽 체제와는 다른 이 남쪽 체제의 특색이기는 하였다.

여성매력 듬뿍했던 최정희

모윤숙과 비슷한 나이로 소설가 최정희도 그 무렵 한때는 여류 인기 작가였다. 그 두 분 모두 정확한 나이는 살아생전에도 딱히 알 수가 없었다.

그이들보다도 나이가 위로는 박화성을 들 수 있는데, 그 무렵의 이 여성 문학인들은 저들의 나이가 완전히 밝혀지는 것을 매우 공통적으로 꺼려했었다. 일종의 인기 관리 차원이 아니었던가 싶다.

다만 박화성이 목포인가, 영광인가 전라남도인데, 이쪽 두 분, 모윤숙과 최정희는 고향이 북한 쪽이었다. 모윤숙은 본시 정주인데 호수돈여고를 다니면서 방학 때면 늘 고모가 살던 원산 갈마반도의 명사십리 곁의 두남리에 와 있으면서 노상 원산 사람으로 자처하였었다.

다만 최정희는 그 무렵 젊은이고 늙은이고 할 것 없이 사내로 생긴 문학인이면 죄다 최정희를 좋아하여서, 명실공히 만 사람의 애인으로 인기가 절정이었다. 그런 쪽으로는 물론 나도 예외가 아니어서 최정희를 무척 따르고 좋아하였다.

그런데 지금에 와서 이 두 분, 모윤숙과 최정희를 비교해 보면, 묘하게도 극과 극으로 달랐던 한 가지 점이 두드러지게 보인다.

앞에서도 보았듯이 모윤숙은, 우리 대한민국이 처음 건국될 1948년 그때, 초대 대통령 이승만을 도와서 당시의 김활란 이화여대 총장과 함께 미국과 유엔 무대 등에서 큰 활약을 하는데, 이와는 대조적으로 최정희는 남과 북이 38도 선으로 분단되던 그 무렵에도 남과 북이 하나임을 거의 마지막으로 보여주었던 것이었다.

그 한 증거가, 해방 직후에는 서울에서 좌익 문학인 대표로 활약했던 임화가 두목으로서 이끌었던 문학가동맹 사무국장으로 재직했다가, 1948년에 임화, 그밖에도 좌익의 여러 문인들과 함께 대거 월북할 때 같이 북으로 올라갔던 소설가 박찬모가, 우리나라가 아직 일제 식민지 치하에 있던 때에 '경성부京城府 정동 방송국 내 최정희崔貞熙 선생' 앞으로 보낸 다음과 같은 편지 한 통이 있다.

저번에 말씀하신 대로 송도원 오시겠거든 방을 말해 두어야겠는데, 별장은 월 4, 50원 정도이나 벌써 다아 계약이 되어 여분이 없습니다. 허지만 달리 손을 써서 松興里 附近 知人 댁에라도 말할 수 있는 일이오니 下元 與否를 通知하시면 곧 周旋해 보겠습니다. 아마 미리 말해 두어야 할 모양이니 決定하시어 연락 주십시오. 금년은 特히 송도원이 좋아 뵈일 것 같은 그런 豫感으로 지금부터 들멍거려집니다. 만일 松田으로 가시게 되드래도 꼭 元山 오실 줄 믿고 또 모모 兄도 아마 이번 여름 元山 오시게 될 모양이오니 두루 즐거운 한철이 될 것 같습니다. 좋은 이야기들 많이 가지고 오십시오.
5월 19일 朴贊謨

李庸岳 兄 만나시거든 작 18일(일요일)에 元山에서 長 전화가 걸려 갔을 텐데, 그 결과가 어떻게 되었는지 궁금 타고, 물론 기쁜 소식이었기를 바란다고 전해 주시면 고맙겠습니다. 한턱 울궈먹을 한 몫에 끼어 드리리다.

또 하나의 편지,

崔 先生, 오랜만입니다. 저번 서울 갔을 땐 庸岳형한테 들러서 이야기하던 끝에, 崔 先生 뵙고 싶다고 그랬더니, 마침 퇴근 시간이 지났다고 나가셨을 게라 하야 그만 섭섭히 오고 말았습니다. 近日 한번 元山 오겠노라고 李 兄한테서 두 번이나 便紙는 있었으나 아직 나타나지 않습니다. 그리고 지금 저는 비 오는 거리를, 밤 어두운 공간을 더듬으며 퍽 쓸쓸합니다. 쓸쓸하다기만으로는 너무나 기맥힌 생각, 그렇다고 絶望이라기에는 또 너무나 야릇한 期待에 허덕이는지도 모릅니다. 이 자리, 茶房 한 구석, 레코오드가 막 끝이 난 閑寂 속에서 亦是 바깥 빗소리가 몹시 외롭습니다. 어째서 그렇게들 쓸쓸해 하는 것인지 사람들이 모두 卑屈해 보여서 싫습니다.
이런 便紙 또한 쑥스러워지면 당장 차라리 어디던지 떠나고 싶으외다. 元山 한번 오십시오. 뭐 벼르지만 말구, 눈 딱 감구, 아무것도 볼 생각 마시고, 아무도 만날 사람 기약 하지 말고. 이런 注文이 대접이 될 수 없겠지만, 불숙 만나는 반가움, 그리고 허턱 노닥거려 보고 싶은 空虛, 이것은 어떻게든 무엇으로던 채워야겠으니 나 스스로의 욕심입니다.

庸岳하고 같이 오십시오.

先生의 계신 곳이 分明치 않어서 住所 쓸 일이 딱 합니다만 숫재 돌아왔으면 더 자미스러울 것 같기도 합니다. 글씨 주십시오.

8월 5일 元山 朴贊謨

나머지 또 하나의 편지,

하도 무더워 샤쓰 바람으로 앉아 기사를 쓰랴니 문득 두자미의 시 구절 하나가 생각킵니다. 그분도 이런 무더운 날 — 지랄이 나도록, 고함이라도 치고 싶게 무더운 날 — 공문서에 시달리는 몸이었던가 봅니다.

벌써 안후나 묻는다면서, 그리고 저번 상경했을 때 못 뵙고 온 인사나 傳한다면서, 날마다 부끄러움만 받는 생활 같은 스스로의 비굴이 앞을 서, 그만 無音 했었습니다.

그래, 이 더위에 얼마나 수고하십니까. 원산 오시오 그려. 이곳은 송도원이 7월 1일부터 '바다열기'를 했답니다. 벌써 들들 끓습니다. 옷을 벗어야만 禮義가 되다시피 하는 그런 데서 뒹굴면 금세로 건강해지는 것 같습니다. 例年과도 달리 그렇게 옷을 벗고 뒹구는 場所가 여간 좋지 않습니다. 市井이 못 견디게 싫여지는 참이여서 그런 것만도 아닌가보외다. 曙香과 둘이서 버둥버둥하며 서로 한 3천년 前을 맛보는 것은, 구지 그래보는 게 아니지요. 하로 사이에 正反對인 環境을 번가라 呼吸하며 사는 저의 이 混亂은 가끔 슬퍼할 줄 알어야만 될 것도 같습니다. 그럴 때마다 아무런 精神의 色彩없이 自然을 대하고 싶습니다.

톨스토이의 戰爭과 平和를 이번에 3讀채 뎀벼 中卷을 읽는 참에 獨蘇戰端의 果를 받었다는 것이 요지음 마치 사라나게 되는 것 같은 刺戟입니다. 딱 엎드려 冬眠을 하고 싶은가 하면 느닷없이 어디 부드쳐보고 싶어 못 견디겠고.

崔 先生, 나, 이번 또 아들을 보았다우. 아주 똑똑하게 생긴 놈, 그 놈이 나보다 훌융해질 것 같습니다. 그런 똑똑한 목소리로 울 줄 아는, 손발이 갖인 아들의 아버지인 저는 얼마나 壯합니까. 이 부끄러움 많은 生活은 구지 탄하지 않기로 해야겠습니다. 崔 先生, 부디 한번 와주시옵소서. 톨스토이를 읽지 않았더래도 行하여졌을 우리 家庭의 糾合을 나는 작구 자랑하고 싶구려.

文學은 完全히 生活에 젖어야 한다는 意味에서 最近 느낀 몇 가지를 이야기하고 싶기도 합니다.

頭緖 없이 느러놓은 수작 욕하지 마시고 서울 消息이나 傳하여 주옵소서.

7월 5일 박찬모

어떤가.

2015년 지금으로부터 꼭 75년 전의 글이어서 일부러 맞춤법 같은 것도 무시한 채 옛날 글 그대로 옮겨 보았지만, 이걸 오늘에 와서 읽는 맛은 또 묘하지 않는가.

오늘의 우리네 이 절벽으로 막혀 있는 남북관계에서, 최정희라는 사람이 그 옛날에 이런 편지 조각이나마 오늘에 와서 이런 식으로 남겨 주었다는 것은 참으로 희귀하지 않는가.

기왕에 이런 정도로 털어놓는 바이면 아예 솔직하게 밝혀두겠거니와 나, 이호철이라는 사람도, 그 옛날 여남은 살 적, 해방 직후, 그 박찬모가 서울에서 임화 밑에서 좌익문학가동맹의 사무국장 일을 보았을 때는, 고향 쪽의 그이의 빈 서재에서 일어로 된 세계문학전집을 비롯, 그이 소유의 그 문학 서적들을 5, 6권씩 빌려다가 약 두어 해 읽었던 터였다. 그이의 친동생이 바로 내 자형姊兄이어서 그 무렵 갓 결혼했던 누님 덕을 그렇게 나대로 보았던 거였다.

그 박찬모는 1948년 임화 등 좌익패거리들이 죄다 월북할 때 북으로 들어가, 6·25전쟁 뒤 한때는 강원도 인민위원회 선전부장으로도 재직해 있었는데, 그 뒤 박헌영을 비롯한 남로당 패거리들이 사그리 북쪽 재판에서 일망타진으로 총살형에 처해졌을 때는, 본시 북한의 원산 근교 농촌인 가는골 출신이던 박찬모는 거의 유일하게 살아남았던 거였다.

이 이야기는 다시 소설 한 편으로 자세히 다룰 작정이거니와, 그렇게 박찬모만 거의 유일하게 살아남았던 것은 본시 북한 출신이어서 그런저런 집안 내력 같은 인맥 덕을 보았던 것이 아니었을까.

아무튼 우리나라 문단 초기의 대표적인 두 여류문인이었던 모윤숙과 최정희의 그 당대적인 극히 대조적인 모습은, 오늘 2016년에 들어서 볼 때 오늘의 우리로 하여금 많은 것을 시사해 주기도 하지만, 이에 곁들여 바야흐로 85세에 이른 나 이호철로서 또 한 가지 특기할 만하게 조심스럽게 털어놓을 것은 다름이 아니다.

그렇게 그 무렵 한때 우리네 남성 문학인들 모두의 애인 격이었던 최정희 씨 그이가, 한때는 이 나를 자신의 사위로 삼으려고 했었다는 사실이다.

1966년 말, 그 무렵 한때, 지금의 프레스센터에 시인 김수영, 소설가 서기원, 그밖에도 여럿을 불러 모은 속에 곱게 차려 입힌 자신의 큰 따님을 나로 하여금 처음으로 대면케 하였었는데, 그때 나는 내 형편이 따로 있어 그 자리를 슬그머니 피해서 그 최정희 씨로 하여금 본의 아니게 큰 상처를 입혔었다는 사실이다.

지금에 와서는 그 당자도 몇 년 전에 미국에서 세상을 떠난 것으로 알고 있지만, 바로 2년 전인가, 뒤에 소설가로 활동했던 그녀의 유작遺作집 몇 권을 역시 소설가인 그녀 계씨季氏되는 분이 보내와서, 저대로도 감회 섞어 고맙다는 인사라도 하려고 전화나 한 통화 하려고 하였으나, 그녀 전화번호도 알 길이 없어 오늘까지 미루어 오던 길이었다.

물론 그 귀한 유작집은 한 번 자세히 통독하려고 지금도 보관 중임은, 이런 글로써나마 따뜻하게 알리고 싶다.

그 모윤숙과 최정희, 두 분의 임종도 나로서는 묘하게 겪었는데, 모윤숙이 장충동의 경동교회에서 강원룡 목사 주관으로 상喪을 치르면서 그녀 시신의 관이 바로 내 앞을 지날 때, 그 관에 한 번 더 손이라도 직접 대 보고 싶었을 정도로 따뜻한 느낌이었는데, 최정희 경우는 언제 돌아가셨는지조차 기억이 아물아물하다. 필경 그 무렵에는 여러 나라에 수시로 소설 낭독회다 뭐다 뻔질나게 그런 일로 바쁘게 외국을 나다니던 때여서, 전혀 모르고 넘어가지 않았을까 싶다.

하지만 그이와는 고향 쪽의 박찬모라는 사람과 나와의 집안 내력으로도 그러저러하게, 그리고 더구나 그이 큰딸과의 그 일로도 만만치 않은 사이였음을 차곡차곡 곱씹게 되면, 사람 한평생이라는 것도 별것이 아니라 각자의 타고난 인연, 흔한 말로 팔자 놀음임을 새삼 확인하게 된다.

월간「문예」

해방 후 좌·우로 격돌이 벌어지던 때, 우익 문화계 쪽의 최전선은 주로 당시의 '청년문협'이 담당하고 있었는데, 그 주요 면면은 김동리·조연현·곽종원·서정주·박목월·조지훈 등이었다.

그보다 조금 선배 격으로 소위 30년대의 김광섭·이헌구·변영로·모윤숙 등 해외문학파가 있지만, 그이들은 앞에서도 잠깐 비쳤듯이 대한민국 정부가 마악 수립되면서 관계나 유엔 외교 쪽의 큰 마당으로 진출했다.

결국은 좌익 문인들이 대거 월북한 뒤의 남한 문단을 주로 이끌어간 것은 월탄 박종화를 비롯해 김동리, 조연현, 곽종원 등 '청년문협'이 맡아낼 밖에 다른 길이 없었다. 그렇게 1949년에 월간으로「문예」잡지가 명동의 현 롯데백화점 앞 남대문로 맞은편의 문예빌딩에서 창간되는 것이다.

문학잡지라는 것이 우리 정부 수립 후 처음으로 출범하게 되는데, 모윤숙 사장에 김동리 주간, 조연현 편집장 등으로 진용이 채워지지만, 모윤숙은 원체 유엔 외교 등으로 바빠 이름만 사장일 뿐이지 거의 자리를 비워 자연 김동리, 조연현이 맡아 일을 해낸다.

그러다가 금방 6·25 전란이 터지고, 북한군이 서울을 3개월간 점령, 갖가지 난리법석을 겪은 뒤에 9·28 국군수복으로 또 한 번 소용돌이를 치르며 1·4 후퇴로 임시수도는 부산으로 옮겨진다. 그렇게 임시수도 시절의 밀다원, 금강다방으로 문단이 이어지고 「문예」 잡지도 두 달 혹은 세 달에 한 번씩일망정 끊이지 않고 이어지는 것이다.

이때도 그 잡지를 틀어잡고 해내는 것은 함안咸安 사람 조연현이었다. 여기서 굳이 그이의 고향인 함안을 내세우는 이유는 나대로 없지 않다. 조연현이라는 사람의 매사에 빈 틈 없는 일처리 능력을 돋보이게 하려는 생각에서다. 예부터 함안 사람이라면 그 인근에서는 알아준다는 것이었다. 언젠가 우스갯소리 삼아 들은 이야기거니와, 진주형무소엘 가 보면 거기 수감되는 인원의 반 수 이상은 예외없이 함안 사람이라던가. 함안 사람은 그렇게 독종이 많고 매사에 특출하다는 것이었다.

우리 문단으로 보더라도 초창기의 「문예」, 그리고 그 뒤 1955년 1월에 시작되는 「현대문학」을 이끌어가는 것도 바로 함안 사람 조연현이었다. 그 조연현의 뒤로 문인협회, 팬클럽 등을 좌지우지하며 이끌었고 시단의 한 귀퉁이를 「시문학」지를 통해 꾸준하게 감당해온 문덕수도 그러고 보면 함안 사람이었다.

우리 문단을 한가운데서 이끌어온 주축이 그 무렵의 김동리와 조연현이었고, 해방 정국 속의 좌·우 싸움과 그 연장으로 벌어졌던 6·25 동란 속의 우리 문단도 그들 청년문협 멤버들이 전체 분위기를 장악했으나, 그 주변으로 여러 갈래의 움직임들이 없지는 않았다.

사람 살아가는 세상이 으레 그렇듯이 응당 그랬을 터이다.

가령 염상섭 같은 작가의 경우를 들 수 있다. 그이는 해방 정국 속의 우리 문화계에서 좌·우 싸움에 전혀 휘말려 들지를 않았다. 당시 경향신문의 편집국장으로 언론계에 몸담고 있어 문학계의 좌·우 싸움에서는 일정한 거리를 지니고 있었던 것이다.

그뿐 아니었다. 김동인, 채만식 같은 그 당시의 중진급 작가들도 좌·우 싸움의 회오리에서 한 발 떨어져 있었다. 물론 그이들의 작가 성향이나 작품 경향으로 보아서 그런 싸움에 대해 대강 어떤 시각을 가졌겠느냐 하는 것은 짐작할 수 있지만, 월탄 박종화 말고는 주역 자리에서 조금 비켜 서 있었던 것이다. 실은 월탄까지도 동리나 조연현의 권고에 따라 자의반 타의반 그 젊은 패거리에 업혀 있었다고 보아야 할 것이다.

그렇게 부산에서의 피난문단도 비록 몇 달씩 거르면서 띄엄띄엄이라도 끊이지 않고 나오던 「문예」 잡지를 중심으로 한 밀다원, 금강다방 시대로 존립하고는 있었지만, 그 외곽 비슷하게 부산이나 마산·진주·통영 등지의 토착 그룹은 그룹대로 살아 있었던 것이었다.

그 대표적인 사람이 부산으로 말한다면 향파 이주홍이나 요산 김정한이었다.

요산과 향파 선생

1906년 합천에서 태어난 향파 이주홍이나 1908년생이던 요산 김정한은 원체 그쪽 본고장 사람들이었다. 그리하여 그들은 피난수도 부산에서도 각자대로 생업을 갖고 저들 삶을 살아갔을 뿐이지. 1·4 후퇴로 우루루 서울 쪽서 내려온 소위 문화인들 모임인 '모나리자'니 '금강'이니 하는 다방을 중심으로 한 하이칼라판 쪽에는 전혀 얼굴을 내비치지 않았다. 당연히 그랬을 터였다.

1951년부터 53년 휴전이 이루어져 환도하기까지 어쨌거나 하나밖에 없던 문학잡지 「문예」지는 임시수도 부산에서도 한두 달씩 걸러가면서일망정 띄엄띄엄 동리, 조연현 등에 의해 명맥은 이어가지만, 이주홍이나 김정한은 그쪽하고는 별로 상종하지 않았다.

그때로부터 어언 반세기가 넘은 작금에 와서 그 이유를 가만가만 생각해보면 그런대로 납득이 되는 면도 없지가 않다.

실제로 향파 이주홍이나 요산 김정한은 1920년대나 30년대부터 줄곧 부산에 살면서 일찍부터 이름이 알려졌었고 문단적 위상도 그런대로 굳건했지만, 해방 직후의 좌·우 대치 국면의 정국 속에서는 여운형이 이끌던 건국준비위원회 쪽으로 연을 대고 있었던 것이다.

향파나 요산이나 1920년대, 30년대 무렵에는 경향파 쪽으로 조금 가까웠었거나 문학성향 면에서 토종 민중의 대변자로 자처했었다.

특히 말년까지 향파와 같이 어울려 지냈던 시인 박노석 같은 분은 아나키스트라고 스스로도 굳건히 자처하고 있었던 것이어서 월탄, 모윤숙, 동리, 조연현 등이 이끄는 문학이념을 당시의 한국민주당이나 이승만의 극우 노선의 일환으로 껄쩍지근하게 보고 있었던 것이었다.

하긴 월탄이나 동리를 꼭 극우 노선으로 보는 데는 문제가 없지 않을 것이다. 동리와 김동석의 문학논쟁에서도 볼 수 있듯이 당시의 저들은 딱히 이념적으로 좌·우 개념에 매이기보다는 단지 문학의 독자성, 정치적 파당성이나 공산주의적 선전 수단으로 떨어지는 문학에 대한 격렬한 반대 입장이었을 뿐이었다.

하지만 좌·우 대립이 차츰 격렬해지면서 그에 따라 우익도 우익대로 자연스럽게 극우로 치닫는 국면에서는 여운형의 '건준' 노선이라는 것도 경중 허공에 떠갈 밖에 없었고, 따라서 향파나 요산은 일거에 자신들의 터전을 잃어버렸으나 그렇다고 기신기신 동리, 조연현 휘하로 들어갈 수도 없었을 것이다.

이 점으로 말한다면 어찌 향파나 요산뿐일 것인가. 대구의 이영도 시인의 친오빠였던 시인 이호우나, 전주의 미남자 시인이었던 신석정도 바로 그런 측에 속했다. 그이들 입장으로 볼 때는 서울 쪽의 그 한국민주당 계열의 월탄, 모윤숙, 동리, 조연현 등의 그러저러한 작태들이 아니꼽게도 보였을 것이다.

대체로 그이들은 해방 직후의 '건준' 노선으로 일괄해서 묶을 수가 있을 것인데, 박헌영의 극좌 노선이 부상하고 그렇게 극좌와 극우가 정면으로 맞붙는다. 거기다가 북한까지 껴들면서 끝내 6·25까지 이르게 돼 그들은 송두리째 저들이 본래적으로 지녀왔던 그 터를 말짱 잃어버리게 되는 것이다.

다만 그 무렵에도 임시수도 부산으로 말한다면, 통영에서 한때 이름을 날렸던 유 약국집 아들 청마 유치환만은 줄곧 부산에서 여학교의 교장으로 있으면서 여학생 제자들이나 여류시인 이영도와의 사연으로 화제를 뿌렸다.

그 유치환만은 부산에서는 거의 유일하게 동리·조연현·서정주와 함께 그 '청년문협'의 핵심 멤버였지만, 본시 어디서나 과묵하고 잘난 척하고 나대는 성격과는 원체 거리가 멀어서 최일선에는 나서지 않았다 뿐이었다.

1958년인가, 나는 그해 가을 어느 날 청마를 딱 한 번 가까이 뵌 일이 있었다. 모처럼 그이께서 상경을 했을 때였는데, 바로 그 무렵에도 왕년에 「문예」 잡지사가 있던 문예빌딩 지하실인 '문예살롱' 다방이 그 당시의 문인 집합소였는데, 조금 이른 저녁이어서 아직 문인들이 대거 나오기 전이었다. 그때 나는 동리의 권고로 그 무렵 현대문학사에 근무하던 시인 박재삼과 함께 넷이서 명천옥의 아래층 방에서 막걸리 몇 잔을 나누어 마셨었다. 그때 본 것이 가까이 청마를 본 처음이자 마지막인데, 별로 말이 없는 사람이었다. 시종 동리가 지껄일 뿐, 청마는 덤덤하게 듣기만 하였고, 도통 재미가 없는 사람으로 보였다.

6·25 종군작가단

1950년대의 임시수도 부산에서의 우리 문단은 서울에서 1·4 후퇴로 피난 내려온 문인들 모임이라고 할 수 있지만, 당시 대구는 어떠했을까. 바로 대구 뒤쪽은 말 그대로 하루하루가 한 치 땅을 두고 밀고 당기는 격전지여서, 겨우 하루를 넘기면 그 다음날은 어떤 운명의 회오리에 휘감겨들는지 어느 누구도 예단할 수 없는 살얼음판 같은 나날들이었다. 그 무렵의 현지 문인들 움직임을 시인 박훈산은 살아생전의 잡문 하나로 대강 다음과 같이 알려주고 있다.

공군종군작가단이 처음 결성된 것은 1951년 1·4 후퇴 직후였다고 한다. 태반이 서울에서 내려온 피난 문인들로서 당시 공군 정훈감이었던 김종완 대령이 산파역을 맡았었는데, 단장은 마해송, 부단장은 조지훈, 사무국장은 최인욱이었다. 그리고 단원은 최정희, 곽하신, 박두진, 박목월, 김윤성, 유주현, 이한직, 이상로, 방기환, 김동리, 황순원, 박훈산 등이었다. 김동리, 황순원은 부산에 살면서도 회원 자격은 부여받고 있었던 것이다.

공군종군문인단(창공구락부)보다는 조금 늦게 1951년 5월 26일에 대구의 아담雅淡다방에서 육군종군작가단이 결성되는데, 단장에는 최상덕, 부단장에 김팔봉, 그리고 회원으로는 구상, 김송, 장덕조, 최태응, 김용환, 정비석, 김진수, 박영준, 김리석, 양명문, 김동진, 장만영, 박기준, 박귀송, 김영수, 성기원, 이덕진, 유치환, 이호우 등이었다. 그밖에 최재서, 양주동, 이상범, 이서구, 김요섭, 김종삼, 김종문, 홍성유, 임옥인, 이원수, 전봉건, 장철수, 왕학수, 그리고 이봉구, 박인환은 대구 부산을 부지런히 오르내렸다. 그때 이봉구는 어느 신문의 기자로 근무했다던가.

그 창공구락부의 사무국은 대구 덕산동의 2층 방에 들어 있었는데, 마해송이 영남일보사의 조그만 문간방 하나를 애걸복걸하여 겨우 얻어 연락사무국으로 쓰고 있어 대낮부터 문인들은 그 방에 몰려들어 법석을 피웠다고 한다.

그렇게 저녁이 되면 앞서거니 뒤서거니 '감나무집'이거나 '석류나

왼쪽부터 손소희, 유주현, 김동리, 구상 … 박목월. 1976년.

무집', 아니면 '말대가리집'으로 자리를 옮겨 앉았다고 한다. '석류나무집'은 그 당시 대구의 동성로에 있었는데, 주모 아주머니는 키가 후리후리하게 크고 무척 후덕하였다. 마해송, 조지훈, 최인욱, 구상, 김윤성, 박훈산, 왕학수, 박기준, 강철수 등이 이 집의 단골이었다.

마당이 원체 넓어서 봄, 가을, 여름이면 멍석 위에 둘러 앉아 밤하늘의 별을 쳐다보며 통음을 일삼았다고 한다. 그 댁 마당 끝에 아직 석류도 열리지 않는 애송이 석류나무 한 그루가 있어 누군가의 제의로 자연스럽게 그런 이름을 붙였던 것이다.

어느 날 저녁에는 불현듯 김정렬 공군참모총장이 나타났다. 그이는 공군종군문인 단원들을 한번 뵙고 싶은데, 공군본부로 나오라기엔 예의가 아닌 듯하고 어디 그럴듯한 식당 같은 데서 만났으면 한대서, 뭐 그럴 필요가 있느냐, 조금 누추하지만 매일 문인들이 술타령으로 일삼는 '석류나무집'으로 나오면 되지 않느냐, 그렇게 같이 막걸리 잔이라도 주거니 받거니 하는 편이 낫지 않느냐 해서 그이도 흔쾌히 응낙했다고 한다.

그리하여 그이도 속 편하게 평상복 차림으로 나와서 그날 밤 늦게까지 막걸리를 퍼마셨는데, 그 술집의 안주인은 물론이고 그날 저녁 한자리에 있었던 태반의 문인들도 뒤에서야 그이가 바로 공군참모총장이라는 것을 알고는 죄다 놀랐다고 한다.

이보다 몇 년 뒤가 되지만, 1956년 12월 26일 저녁에는 부산 광복동 사잇길의 귀원다방에서 라이너 마리아 릴케의 30주기를 추모하는 조촐한 모임이 열린다. 이 모임은 「신작품」 동인이 주관했는데, 그 면면은 김성욱·천상병·고석규를 비롯해 손경하·하연승·유병

균·송영택·조영서 등 주로 젊은 20대들이었다고 한다.

특히 이 자리에는 모처럼 김춘수가 참석해 모임을 무척 빛냈다고, 이미 반세기가 지난 그때의 일을 시인 조영서는 추억하고 있다.

한창 전쟁 중이던 1951년 그 무렵의 대구 쪽 문인들 움직임 속의 한 사람 한 사람의 이름들도 이 글을 접하면서 각자 나름대로 일말의 감회를 안 느낄 수 없을 것이지만, 실제로 세월 흐르는 데 따라 그때그때의 문인들 명망이라는 것도 한낱 꿈결 같은 것임을 곱씹게 된다. 1950년대 그 무렵 20대 신인으로 촉망되던 고석규도 서울대학 영문과 출신의 최승목과 함께 새삼 머릿속 한 구석을 스쳐가지 않을 수가 없다.

피난지에서 열린 출판기념회

그 무렵 어린 자녀들을 이끌고 대구로 피난 내려왔던 정비석은 하루하루 살기가 어찌나 고달팠던지, 이렇듯 온 식구가 곤경에 떨어지게까지 된 것은 명색이 가장인 자기가 소설을 쓰기 때문이라는 결론에 이르렀다.

어느 날은 그때까지 알뜰히 간직하고 있던 고급 만년필 세 자루를 스스로 박살을 내고서는, 앞으로 돈이 되지 않는 빌어먹을 소설이라는 것은 평생을 두고 다시는 쓰지 않겠다고 마음속 깊이 다짐을 했다는 것이었다.

하지만 그 다음이 문제였다.

"몇날 며칠을 두고 앞으로 과연 무얼 할까, 이리저리 궁리를 해보았지만 도무지 뾰족한 수가 나질 않아, 남아 대장부로서 대단히 창피하였지만 별 수 없이 번의를 하여 만년필 한 자루를 다시 구할 적의 그 목이 꽉 막히던 일을 어느 누구 알까만은, 그렇게 다시 펜대를 놀려 글을 써야만 하는 이 심정, 오늘 이 자리에

오신 동료 문인 여러분들께서라도 깊이 요해了解해 주셨으면 한다. ……"

이것은 바로 대구 피난지에서 한창 전시 중에 한 권의 책을 엮어 내어 차 한 잔씩 놓은 조촐한 출판기념회 자리에서 행했던 정비석의 하객들 축사에 대한 답사 일절이었다.

그때 "이 말을 들은 우리들은 모두 가슴이 뭉클했다. 이렇게 모두가 어렵게 살던 때의 일이다"라고, 훨씬 뒤에 그 시절을 돌아보면서 박훈산은 한탄을 하고 있었는데, 그때로부터 반세기가 지난 2004년 오늘에 서서 다시 그 시절을 돌아보면 일말의 의아해지는 느낌도 없지 않다.

그건 무엇이냐 하면, 하루하루가 죽느냐 사느냐, 바로 그곳으로부터 몇 십 리 북쪽의 최일선에서는 한 치 땅을 두고 매일같이 남과 북이 시산혈하屍山血河의 혈전이 이어지던 그때에, 그런 책이 출간되었다는 것이 도무지 믿기지가 않을 뿐더러, 비록 차 한 잔씩일망정 출판기념회라는 것은 또 무슨 해괴한 짓들이었을까 싶어지기도 하는 것이다.

하지만 나라 자체가 송두리째 백척간두의 위기에 처해 있을망정, 그리고 그렇게 최일선은 이 땅의 아까운 젊은이들이 매일처럼 몇 백 몇 천씩 무더기로 죽어가고 있는 속에서도 부산이나 대구는 놀라울 정도로 평상의 사람살이 구색은 죄다 갖추고 있었던 것이다.

그 무렵의 대구에 거처를 둔 문인들만 해도 대낮부터 진을 치고 있는 다방은 '아담', '살으리', '백녹' 등이었는데, 그때 여류 소설가

장덕조는 노상 군복에 군모를 쓰고 아담다방에 앉아 있었다. 그때 아담다방은 문 씨 내외가 주인이었는데 여간 인심이 후하지 않았다. 매일 찻값조차 없는 빈털터리 문인들이 들락날락 하였지만 한결같이 친절하게 맞이하였다.

그 무렵 어린 아들딸들을 거느리고 장덕조는 하루하루가 여간 고생이 아니어서 한때는 영남일보에도 특채가 되었었다. 그런 와중에도 어느 출판사가 장덕조의 소설집을 간행하여 바로 그 아담다방에서 출판기념회가 열려 제법 그날따라 많은 축하객이 몰려들었다. 실은 말이 축하객이지, 어찌어찌 저녁 한 끼라도 공으로 얻어 걸리겠다는 요행을 바라는 실업자 군상이 태반이었을 것이지만.

아무튼 그렇게 출판기념회도 그 다방에서 열렸는데 몇몇 명사급 대표문인께서 축사라는 것을 한 뒤 사회자가 눈치껏 출판사 사장에게도 한 말씀 부탁하였다. 한데 아차, 이게 그만 그날의 대실수였다.

자리에서 는적는적 일어선 출판사 사장은 간단하게 인사 정도로 이야기를 끝냈으면 좋았으련만, 중언부언 이 소리 저 소리 늘어놓는 바람에 주빈인 장덕조의 비위를 거슬리게 했다. 더구나 출판사 사장의 장관설의 내용인즉, 요즘 자기가 보아하니 피난 문인들의 정상情狀이 말이 아니다, 목불인견이다, 진정으로 참말로 목불인견이다, 차마 눈 뜨고는 볼 수가 없다. 그리하여 자기는 이참에 용단, 다시 말해서 용기 있는 결단을 내어 여러분께서도 지금 보시다시피 장덕조 여사에게 '동정출판'을 단행하였노라…….

그때까지 커다란 꽃 한 송이를 가슴에 달고 얌전하게 앉아 있던 장덕조는 급기야 더는 못 참고 벌떡 일어서더니, 자기 앞 주빈상을 통째로 둘러엎는 것이 아닌가. 그리곤 냅다 소리를 질렀다.

"이봐 사장, 이 장덕조는 말야, 굶어죽을지언정 네 따위의 동정은 받지 않을 테야."

전화위복, 실수투성이 문인극文人劇

이듬해 1952년 1월 15, 16일에는 대구 자유극장에서 낮밤 2회씩 4회에 걸쳐 건군建軍기념예술제라는 이름으로 문인극이라는 것이 처음으로 막이 올랐다. 그렇게 이틀간을 예정했었으나 대구 시민들의 절찬을 얻어 하루를 더 연기, 사흘 동안 대성황을 이루었다면 곧이듣겠는가. 더구나 화끈한 화제를 뿌리며 대구 시내가 온통 뜨겁게 달아올랐던 것은 난생 처음으로 무대에 선 문인들의 실수투성이의 연기 때문이었던 것이다.

생각해보라, 그때가 어떤 때인가, 1952년 1월이라면 현 휴전선 근방을 사이에 두고 남북 양측이 피투성이로 맞붙어 싸우던 때가 아니던가. 그렇게 막중한 때에 멀쩡하게 생긴 문인이라는 자들이 고작 예술제라는 이름으로 실수투성이의 문인극을 벌이고 있었다니, 저 정도로 정신 빠진 작태들에 대해 누구 하나 비분강개하지도 않았더란 말인가.

그로부터 반세기가 지난 이 시점에서는 제대로 생긴 글쟁이라면 일단 그런 울분 한 자락을 토할 법도 하지만, 아서라, 아서. 정작 그 당대를 살아낸 당사자들로서는 그런 종류의 한탄에 대해 차라리 일말의 연민을 느끼지 않을 수 없는 것이다.

왜냐하면 그 정도로 사느냐 죽느냐, 살아나느냐 망하느냐 하는 명실공히 백척간두의 첨예한 국면에서도 최일선이 아닌 후방 사람들의 삶은, 다시 말해 그 당시의 부산이나 대구 같은 도시 사람들의 하루하루 삶은 어느 면 평상시보다도 한 술 더 뜬 평상의 외양을 지니고 있었던 것이다. 이 경우 그 '한 술 더 뜬 평상의 외양'이란 다름이 아니라, 바로 그 문인극이란 것도 엉망으로 실수투성이였다는 것부터가 그런 극極 전시戰時 속의 후방을 그만큼 더 약여하게 드러냈던 것이 아니었을까.

그 당시의 하루하루 불안한 대구 시민들도 어엿하게 제대로 된 문인극을 보느니, 이렇게 엉망진창의 실수투성이 문인극 쪽을 부지불식간에 더 원했던 것이다. 부지불식간일망정 더 뜨겁게 원했던 것이었다.

문인극의 대본은 김영수 원작의 1막 2장짜리 '고향 사람들'이었다. 한데 이 실수투성이의 연극이 부산에까지 소문이 퍼졌던지, 부산 쪽 문인들의 간청과 성화에 못 이겨 드디어 3월 2일자로 부산에까지 원정, 부산극장에서도 대성황을 이루었다.

한국 최초의 문인극은 연습 때부터 순조로울 수가 없었다. 여북했으면 연출을 맡았던 김영수가 2, 3일간 연습을 하다가 앞으로는 각자가 제멋대로, 하고 싶은 대로 하라고 연출을 아예 포기까지 했을 것인가. 그것도 그럴 것이 첫날에는 제법 시간을 잘 지켜 제 시간에 연습 장소에 죄다 모이더니, 다음 날부터는 아예 시간을 안 지킬 뿐

더러, 설령 몇 사람이 제 시간에 와서 기다리다가도 지루하다며 한 사람 두 사람 빠져 나가고, 마지막 사람이 지참遲參하고 보면 미리 왔던 사람은 죄다 없어졌다. 게다가 가까스로 모인 사람끼리도 연습을 할라치면, 원작자를 보고서 "여보 김 형, 이 대사는 이렇게 하는 것보다는 이렇게 고쳐 하면 어떻겠소" 하며 원작마저 수정하려 드니 기가 막힐 노릇이 아닌가.

아무튼 그러저러한 우여곡절 끝에 육군종군작가단과 공군종군문인단이 합심하여 문인극의 막은 오르게 되었으니, 그때 그 극에 출연했던 문사들은 다음과 같았으니, 김팔봉·정비석·박영준·김용환·장덕조·양명문·이덕진·박기준·최정희·이상로·유주현·곽하신·최인욱·전숙희·박훈산 등이었다.

그 문인극이라는 것의 줄거리도 별것이 아니었다. 최인욱은 아버지이고, 어머니는 장덕조, 딸 정옥은 최정희, 정옥의 상대역은 박영준. 대학을 마치고 고향에 돌아온 귀여운 딸 정옥이 신랑감을 구하는 중에 마침 상이군인 만수(박영준)와 결혼을 하게 된다는 이야기인데, 정옥에게 따로 엉큼한 마음을 먹고 덤벼드는 양조장 집 막내아들 유주현과 그밖에도 코주부 김용환, 양명문, 박기준, 곽하신, 이덕진도 제각기 정옥에 마음이 있어 한바탕 난리가 벌어진다. 정비석은 순경으로 나오는데, 이상로가 "왜 눈깔을 똑바로 뜨고 이래?" 어쩌고 하여 무대 아래 관중들을 웃긴다.

50여 년이 지난 지금 돌아보면, 문인극이라고 그야말로 창피막심이고 엉망진창이었지만, 그때가 바로 극심한 전시 중이어서 차라리 대구고 부산이고 애교로 받아들일 수가 있었던 것이 아니었을까.

조지훈 선생의 기개

한창 전시 때 실수투성이였던 그 문인극이라는 것이 대구 관중들의 큰 갈채와 웃음 속에 대단원의 막을 내린 뒤, 바로 그날 저녁에는 당시 육군참모총장이던 이종찬 중장이 문인들의 노고를 치하하기 위해 걸판진 술자리까지 마련해 주었다.

물론 그 자리에는 육군종군작가와 공군종군문인단 전원이 참석했다. 마침 최일선 상황도 최대 위기를 마악 넘어서 일진일퇴, 어느 정도 안정을 회복한 터이라 합석한 장교 문인들이 하나같이 술잔을 기울이다가 슬슬 취흥이 돌자, 참모총장도 한마디 안 할 수 없었다.

"우리 군의 혁혁한 무공으로 일선도 가장 어려운 고비는 넘겼습니다."

이런 자리에서는 응당 이 정도의 한마디는 할 수 있었던 것이었고, 지당하게 들리기도 하였다. 한데 어찌 들으면 고급 지휘관의 제 자랑처럼 들렸던지, 참모총장 가까운 자리에 앉아 얼근하게 술기운이 올라 호방하게 웃던 조지훈이 참모총장의 그 말을 받아 즉각 "그렇습니다. 오로지 그 공은 이름 없는 산야에서 수없이 쓰러져간 우리의 무등병들에게 돌려야 할 겁니다"라고 하였다. 그때 한순간 조금 서먹한 공기가 방안에 감돌 듯하자, 어느새 육군참모총장의 두 손이 자신의 어깨에 닿는가 싶더니 휘황하게 빛나는 양 어깨 세 개의 별을 와락 잡아 뜯어버리는 것이 아닌가. 그 건너편에는 몇몇 영관급 장교들이 시립하고 있었는데 바로 자신들 눈앞에서 중장이 자기 어깨의 별 셋을 잡아 뜯는 것을 보고 어찌 기겁을 하며 놀라지 않았을 것인가. 몇몇 영관급 장교가 다가오는 것을 보고, 참모총장도 웃으면서 "자네들 걱정 말어. 오늘 저녁 이 정도는 괜찮으니까" 하곤, 다시 좌중의 문인들을 둘러보며 "자 이러면 되겠지요. 저도 이젠 무등병이올시다." 하여 그 술자리는 일약 "와아" 하는 탄성과 함께 뜨겁게 달아오르기 시작하였다. 무등병을 자처한 육군참모총장과 자리를 같이 했으니 술자리의 취흥은 어떠했을 것인가.

그로부터 반세기가 지난 지금에 와서 돌아보면 조금 웃기는 구석이 없지는 않지만, 당시 군에도 그런 정도의 유연성을 지니고 있었다는 것이 새삼 확인되기도 한다.

그리고 그때 그렇게 일갈했던 조지훈만 하더라도 바로 그 선친께서는 영양 출신의 대 한학자이자 제2대 국회의원으로서, 피랍된 지 얼마 안 되었던 때였다는 것도 새삼스럽게 느껴진다.

그 무렵 주로 문인들이 단골로 드나드는 '말대가리 집'이라는 술집이 있었다. 술집 주인인 아가씨의 성이 마馬가인 데다 얼굴 생긴 것이 말대가리 비슷해서 붙인 이름이었다. 하지만 그 아가씨의 마음씨만은 여간 곱지가 않았다. 주로 이 집에 드나들던 단골 문인은 마해송·조지훈·박기준·최인욱·구상·김윤성·양명문·왕학수·이상로·박훈산 등이었는데, 그때 마해송을 원장으로 모시고 이들 문인이 강사로 나간 상고 예술학원이 근처여서 저녁이면 7~8명, 더러는 여남은 명이 떼거리로 드나들었으나 누가 술값을 내는지도 몰랐다. 어떤 때는 마 양이 나서서 각각 몇 푼씩 걷게 하여 그곳에만 가면 술은 마실 수가 있었다.

그 상고尙古 예술학원은 대구가 낳은 시인 상화尙火와 고월古月에서 딴 것이고, 1954년 7월께에는 피난 문인들 태반이 죄다 서울로 올라가면서 이설주에게 맡겼으나 그 뒤 문을 닫고 말았다. 이 학원은 남산동의 학교 교실에서 야간수업을 하여 중·고등학교 국어교사들이 많이 청강을 했는데, 최정희는 첫날에 한 시간을 지껄여대더니 더 이상은 밑천이 달려 다음부터는 못하겠다고 푸념을 하기도 했다고 한다.

어느 날은 석류나무집에서 마해송, 조지훈, 최정희, 최인욱, 박목월 등이 술을 마시다가 군인들 한 떼거리와 시비가 붙었다. 화가 난 군인 하나가 카빈의 안전장치를 풀고는 "이 새끼들 다 죽인다"며 총을 들이댔다. 그러자 조지훈이 윗도리를 훌훌 벗고는 가슴팍을 총구 앞에 맞바로 내밀며 소리를 질렀다.

"적을 피해 천신만고 여기까지 내려와서 아군에게 죽을 줄은 꿈에도 몰랐구나. 이놈아, 내가 조지훈이다. 쏠 테면 어서 쏴라!"

그 군인 곧 사과를 하더라는 것이다.

칼날 위의 삶

한창 전쟁 중이던 1950년대 초 부산과 대구에서의 문인들 움직임을 대강 보았는데, 이 나라 문인이라는 사람들이 그 막중한 때에 고작 이 정도로 살았는가 싶게 조금 기이한 생각마저 든다. 하지만 50년이 지난 지금에 와서 다시 비슷한 상황이 벌어진대도 그 옛날하고 그다지 다르지 않을 것이라는 생각이 든다.

물론 50년이 지난 이 마당에 남북 간이 다시 최악의 국면으로 들어서 전면전쟁이 벌어질 때는 전투 상황 자체부터 전혀 다른 양상이 벌어질 것이다. 그런 쪽으로는 아예 상상도 하고 싶지 않지만, 전쟁 속의 사람살이라는 것이 평상의 삶에서 그닥 멀리 떨어져 있지는 않은 것임을 나는 확신하고 있다.

우리 문단도 예외일 수는 없었다. 평소의 인간관계가 그냥 그대로 유지된 속에서의 하루하루였던 것이었다. 하지만 원체 하루하루가 칼날 위의 삶처럼 아슬아슬해서 개인이 처해 있는 상황은 엄청나게 처절하였다.

실제로 박계주, 박영준, 김수영, 유정 등은 하필이면 9·28 수복 직전에 서울에서 의용군으로 잡혀 한밤중에 도로코 화차에 실려 어디론가 끌려가서 기껏 '호壕 파기'에 얼마동안 시달렸다. 그때 마침 이들을 관리하던 인민군 군관이 박계주의 인기소설 「순애보」 애독자여서, 그이만은 특별대우로 작업장에도 나가지 않았을 뿐만 아니라 머리도 빡빡 대가리로 깎지 않고 빈둥빈둥 배겨낼 수가 있었다. 박영준이나 김수영은 그 박계주를 여간 부러워하지를 않았다고 한다. 그러다가 그이들은 막판에 야간도주를 하였고, 김수영만은 미군에 다시 잡혀 포로수 덕분에 풀려나 그렇게 부산에 닿았다. 김수영은 당시 부산에서 유일한 종합잡지이던 조병옥 박사 발행의 「자유세계」 편집국장이던 박연희를 비롯해 김중희 등과 자주 어울렸다고 한다.

그 당시 조병옥 박사는 민국당의 맹장으로서 이승만 대통령과 맞서는데, 북한에서 '함흥택시회사'를 경영하다가 월남해 온 박이식이라는 분의 출자로 그 잡지를 냈는데, 주간이 임긍재, 편집국장이 박연희, 편집위원으로 주요섭·신도성·함상훈·신태환 등이었다.

아시다시피 1948년 대한민국이 수립되면서 남한 내의 좌우 싸움이 끝장나고 좌익들 태반이 월북한 뒤, 남한 정국은 일종의 허탈상태로 빠지면서 세포분열을 일으키게 된다.

미군정 경무부장이라는 요직을 지냈던 조 박사는 이승만 대통령과 미국시절부터 안면을 익혔었는데, 조 박사의 선친과 이 대통령이 본시 가까운 친구 사이였다던가. 좌우 싸움이 기승을 부릴 때는 똘똘 뭉쳐 있던 그이들은 다시 저희들 끼리끼리 싸움을 벌인다.

그 무렵의 어느 날 조 박사가 단골 요릿집으로 마악 들어서는데,

1973년 문학상 시상식에서 김광섭 시인과 함께

마침 서울에서 경무대 공보비서를 지냈던 시인 김광섭과 몇몇이 거나하게 취한 상태로 나오고 있었다.

문 앞에서 정면으로 딱 마주치자, 조병옥 박사는 그이 특유의 노기등등한 목소리로 "야, 이놈아, 네가 그 주책없는 늙은이(이 대통령)에게 할 소리 못할 소리 고자질을 일삼는다며? 에잉, 이 못된 놈" 하곤 지팡이로 후려갈겨 이산 김광섭의 한쪽 안경알이 박살이 났다. 하지만 이튿날에 조 박사는 자신의 호위경찰이었던 먼 친척뻘 조카를 시켜 안경알 고쳐 끼라면서 금일봉을 보냈다.

조 박사는 환도 뒤 돈암동에 거처했는데, 어느 날 '땃벌떼'가 동원돼 그 댁을 온통 작살낸다. 유리창이며 문짝이며 엉망으로 두드려 부수는데, 그 이튿날 이승만 대통령은 집 수선비 명목으로 적지 않은 돈을 보냈었다. 대강 이런 식. 그런대로 애교가 있었던 것이었다.

이승만 대통령과 조병옥 박사는 그 당시 여야로 갈려 있었다곤 하지만, 왕년의 좌우 싸움 같은 사생결단하는 싸움이 아니라, 마치 심심파적으로 일부러 편을 갈라서 싸우는 것 같은 그런 모양새였다. 전혀 싸울 일이 없으면 심심할 터이니 "이런 식으로라도 우리 싸워 봅시다" 하고 이심전심으로 약속이라도 한 것 같은 모양새였다.

부산에서의 그 무시무시했다던 정치파동도 그랬다. 조 박사는 그때 야당의 맹장으로 연금 상태에 있었지만 호위경찰은 두셋씩 붙어 있었고, 그날 김광섭과 요릿집 문 앞에서 마주쳤던 것도 연금 상태에 있으면서였다.

김한길 씨의 아버지 김철

요즘(1998년) 제15대 국회의원으로 자주자주 텔레비전 화면에 비쳐 나오고 있는, 아직 그럴 나이가 아님에도 백발이 성성한 김한길 의원 모습을 볼 적마다 나는 화면 너머로 그의 부친이었던 김철 씨를 떠올려보며 나대로 지난 40여 년의 세월을 가만가만 반추해보곤 한다. 사실은 나는 그이가 언제 세상 떠났는지도 딱히 모르고 넘어온 터이지만, 반듯하게 대님을 묶고 짙은 주황색 두루마기 차림의 단아하고 반듯한 모습이던 그이는 60년대 말에서 70년대에 걸쳐 우리나라 사회민주주의자, 그런 쪽의 당을 당신 혼자서 악착같이 떠메고 다녔던 대표적인 사람으로 나에게는 짙게 각인되어 있는 것이다.

50년대 말에서 60년대에 걸쳐 「사상계」지에다 그런 쪽의 논지도 끊임없이 꾸준히 펴고, 일본 사회민주주의 움직임이라거나 민주사회주의 움직임을 둘러본 「일본 견문기」나, 독일이나 프랑스·영국 등 그런 쪽의 유럽 본산지의 정황도 이따금씩 써내곤 하던 것이었다.

피차에 딱 부러지게 그런 쪽의 이야기는 한 번도 나눈 일은 없었지만 나는 나대로 그런 그이가 무언지 모르게 늘 안쓰러웠었고, 그러나 그럼에도 불구하고 반듯하게 대님을 묶고 잘 손질된 짙은 주황색 두루마기 차림의 언제보아도 추호나마 흐트러짐이 없던 그이 모습에서, 비록 한 번도 직접 대면한 일은 없지만 그 부인되는 사람의 인품까지도 대강 짐작이 되곤 하던 것이었다. 게다가 그이는 살아생전, 나이 차이도 꽤나 많은 나에게 늘 한결같은 호의로 대해 주었다.

그 점, 사람이란 누구나 느낌으로, 낌새로 대뜸 알 수 있는 것이다. 언젠가 방송사에서 소설가로서의 김한길을 처음 만났을 때, 지나가는 인사치레 말 비슷하게 아버지께서 늘 내 이야기를 했었노라는 소리를 들었을 때도, 나는 저것이 그냥 인사말이 아니라 진짜로 그랬을 것이라고 확신할 수가 있었다.

사실은 내가 그이 김철이라는 사람을 처음 만난 것은 53년 가을이던가, 휴전이 되어 정부가 마악 환도해 올라오던 매우 어수선한 무렵이었다. 당연히 아직 문단에도 발을 들여놓기 전, 내 나이 고작 만 스물한 살 때였었다.

동래 온천장 재크 기관에 같이 경비원으로 근무할 때 사사건건 친동생처럼 나를 챙겨주었던 평양상업 출신의 나보다 7~8세 위였던 심명복이라는 사람이 그 어린 나이의 나를 그이에게 소개시켜 주었던 것이다.

심명복 씨는 나와 마찬가지로 50년 12월, 소위 서울 기준으로는 1·4 후퇴 때 평양에서 월남해 왔는데, 그 조금 전인 50년 9, 10월의 북진 때 평양으로 올라왔던 김철과 여러 이야기를 깊이 나누었던 것 같았다. 베른슈타인이니, 카우츠키니, 제2인터내셔널이니 하는 소위 사회민주주의, 수정주의노선 이론에 들어서는 이 나라에 저 이(김철)를 당해낼 사람이 없었을 것이라고, 심명복 씨는 미리 나에게 귀띔까지 해주던 것이었다.

그날 나는 그 심명복 씨에게 이끌려 충무로 입구로 마악 들어서 왼편으로 2층에 자리해 있던 흥사단 사무실부터 우선 들렀었다. 그 사무실은 대표인 장리욱 씨와 사무장 격인 김재순 두 사람의 책상만 달랑 놓여 있었는데, 마침 김재순 씨 혼자서 자리를 지키고 있었다. 그이는 심 씨의 평양상업 후배로, 둘은 반색을 하며 얼싸안았고 어린 나에게도 그렇게 인사를 시켰었다. 그때의 김재순 씨는 아직 30 전의 새파란 젊은이로 환한 미남자에 눈매가 특별히 사나워보이던 것이 인상적이었다.

그 다음에 찾아갔던 것이 바로 그 맞은편 골목 안 코 닿는 거리에 있던 '자유당' 당사였다. 대낮임에도 어두컴컴하고 널따란 그 사무실은 몇 사람 없이 휘영청하게 비어 있었는데, 중앙당의 조직부 차장이라는 명찰과 함께 김철이라는 사람이 윗도리를 벗은 셔츠 바람으로 그렇게 앉아 있었다. 그때 그이는 이범석, 부완혁 계열의 소위 '족청계'로 분류되는 쪽이었던 모양인데 바야흐로 세력 싸움에서 한창 밀리던 무렵이어서, 그때 그러니까 내가 처음 만났던 그이, 김철이라는 사람의 모습은 그 뒤에는 한 번도 본 일이 없는 매우매우 심난하고 황량한 모습이었다.

그때도 나는 나대로 가만가만 마음속으로 혼자 다짐을 했던 터이었다. 아무리 그럴 만한 때가 오더라도 나는 결단코 어차피 '아수라장판'으로 떨어지기가 십상인 저 '정치판'이라는 데는 가능한 한 껴

들지 않으리라, 하고.

그곳에서 나온 뒤 심명복 씨에게서 이것저것 들은 그이 김철 씨의 신상에 관한 이야기는 지금까지도 또렷이 기억하고 있다.

본시 함경북도 사람으로 해방 직후에는 초창기 북조선 공산당의 아오지 군당의 책임 비서 자리에 있었는데, 그 당시 성진(지금의 김책시) 여자고등학교인가, 청진 여자고등학교인가의 초기 공산주의 청년동맹 교내 위원장 자리에 있던 지금의 아내를 만나 앞으로 싹수가 뻔한 북한 체제를 일찌감치 버리고 남하 길로 들어섰다던 것이었다. 아, 그런가. 그렇게 되었는가, 하고 그 얘기를 들은 나도 덩달아 감격을 했었다.

한데 그때로부터 50년이 지난 지금은 그 아들 김한길이 바로 저런 모습으로 '15대 대통령직 인수위원회' 대변인으로 텔레비전 화면에 오르락내리락하고 있다.

언젠가 그이의 살아생전 우연히 단둘이 만났을 때, 충무로 입구의 자유당 당사에서 처음 대면했던 일을 털어놓았으나 그이는 전혀 기억을 못하고 있었다. 평소의 그이답지 않게 상을 조금 찡그렸을 뿐이었다. 그때의 그 '아수라장'판은 숫제 떠올리기조차 싫은 듯하였다. 그 점, 나 나름대로도 대강 이해가 될 듯하였다.

이건 70년대 들어서의 일이어서 다시 뒤에 이야기가 되겠거니와, 74년 1월초 조치법 1호 발동으로 우리 문인 몇이 일본 「한양」지와의 관련으로 구속, 송치되어 국가보안법, 반공법 위반으로 서울지법에서 재판이 진행될 때도, 그런 쪽으로 이미 경험을 쌓았던 그이와 그이의 단짝 친구였던 김정례 여사의 주선으로 검사실에서 우리 피고 전원이 가족면회를 하게 하기도 했던 것이었다. 하긴 이 경우는 '주선'이라기보다는 여걸이었던 김정례다운 평소 실력, '어거지 떼' 였을 것이지만.

샛별 같은 신인들

1950년 초 촉망 받던 20대 신인 세 사람이 있었다. 부산의 고석규와 천상병, 그리고 최승묵. 이젠 아득히 반세기 전의 일이어서 그 이름이 생소하게 들리기도 할 것이지만, 이들 셋 중에서 천상병은 부인이 서울 인사동에서 귀천다실을 지금도 경영하고 있으면서 여전히 남편의 구석구석을 챙기고 있다. 예를 들어 프랑스의 Autres Temps 출판사에서는 내 연작소설 『남녘소설 북녁사람』, 한용운, 김소월, 박목월, 윤동주 시집과 나란히 천상병 시집도 출간된 바 있고, 그밖에도 그의 문학 행적은 현금도 끊임없이 거론되고 있다. 당연히 그럴 것이 그는 50대 중반까지 살았던 것이다.

하지만 고석규와 최승묵은 나이 고작 20대에 강한 불꽃이 반짝 타올랐다가 금방 스러져, 요즘 젊은 사람들에게는 전혀 생소할 것이지만, 그 무렵 한때는 가장 촉망받는 신인으로 만인의 주목을 끌었던 것이었다.

고석규는 나와 동갑인 1932년생으로 본시 북한의 함흥 사람이었는데, 나와 마찬가지로 6·25 전란으로 흥남철수 때 부산으로 내려왔다. 그러나 그는 아버지가 의사여서 여느 이북 피난민들과는 달리 하루하루 쪼들리지를 않고 유복하였다. 게다가 성격도 활달해서 매사에 부끄럼 덩어리였던 나와는 전혀 달리 사교에도 꽤나 능하였다.

그러니까 1956년 초여름이었던가, 모처럼 부산에서 상경했던 그를 나는 「문학예술」사 사무실에서 박남수의 소개로 첫인사를 나누었다. 그것이 첫 대면이자 마지막이었지만, 지금 기억에 그는 나와 동갑내기였지만 아주아주 어른스러웠고, 거기에 비하면 나는 부끄럼 덩어리 소년이나 다름없었다. 50년이 지나서 다시 그때와 오늘을 곰곰 돌아보면, 그 당시 그의 활기가 진정한 문학적 역량이었는지 어떤지는 일단 유보해 두고 싶은 것이 솔직한 내 생각이다.

1950년 중엽, 그 어려운 때에 부산의 20대 시인 중심의 「신작품」 동인지는 8집까지 나왔는데 그 일을 주관하였던 이가 바로 고석규였다.

집안이 넉넉했던 그는 부산대 국문과 대학원을 나온 시인이며 문학평론가였는데, 일설에는 그의 시론이 너무 탁월해서 공식 데뷔 과정 없이 「문학예술」에 「시인의 역설」이라는 평론을 연재했었고, 「현대문학」 주간이던 조연현도 그에게 「시적 상상력」이라는 글을 연재하게 했는데 이런 특혜를 준 것은 참으로 이례적인 것이었다.

하지만 그로부터 반세기가 지난 이 시점에 와서 다시 생각해보면 그의 그러한 역량이 진정으로 문학적 역량이었는지, 혹여 그 특유의 입심이나 사교술은 아니었는지 싶어지기도 하는 것이다. 그 점을 제대로 점검해보려면 그때 그가 썼던 글들을 읽어볼 길밖에 없을 것인데, 나도 지금 그럴 만한 여력은 없다. 아무튼 그는 1957년 26세의 한창 젊은 나이로 아깝게 요절을 하는 것이다.

이에 비하면 천상병은 조금 다르다. 그도 고석규·조영서·손경하·하연승·김재섭·유병근·송영택 등과 함께 「신작품」 동인이었고, 서울대학교 상과대학 재학 중에 이미 임시수도 부산 시절의 「문예」지에 조금 긴 에세이 풍의 글 「나는 거부할 것이다」(정확한 제목은 지금은 잘 모르겠지만)를 실어 한때 선풍적인 바람을 일으켰었다. 참으로 시인다운 신인의 출현이라고 기성문단에서는 입을 모았었다.

하지만 지금 꼭 반세기가 지나서 다시 냉정하게 돌아보면 과연 그 글이 그토록 기성문단이 온통 야단법석을 떨어야 했느냐 하는 점에 대해서는 나 같은 사람으로서는 머리가 갸우뚱해진다. 그 글이 발표되었을 때 나도 일독을 해보았지만 기성문단이라는 것이 고작 이런 글을 갖고 왜 저다지 야단들인지 나로서는 의아해 마지않았었다. 실제로 상과대학에서 열심히 공부에 몰두해야 했을 천상병으로 하여금 그 뒤로 병들게 한 것은 바로 우리 문단이 아니었을까. 그 무렵의 우리 문단 수준이 바로 그 정도였지 않았을까.

천상병이 마산중학에 다닐 때 그의 시 '강물'을 「문예」지에 추천작으로 천거했던 것은 김춘수였다. 그 정도까지는 제 길일 수가 있었을 것이다. 상과대학 다니면서 시를 쓰지 말아야 할 법은 없는 것이니까. 하지만 그의 에세이가 나온 뒤 기성문단이 통틀어 천상병으로 하여금 그런 쪽의 환자로 내몰았던 것은 아니었을까. 하긴 바로 그러한 과정을 거쳐 천상병은 말년이 이르러 그 경지까지 가 닿기는 했지만…….

또 한 사람, 1956년 「문학예술」지를 통해 혜성처럼 돌출했다가 금방 요절했던 최승묵. 그이 글의 진면목도 반세기가 지난 지금 이 시점에 와서 한번쯤 다시 읽어보며 점검해보고 싶어진다.

「오돌할멈」 한 편을 맡기고……

1950년 6월부터 53년 7월까지 만 3년 남짓의 치열한 한국전쟁을, 그로부터 45년이 지난 현시점에서 떠올리면 그때가 남북 극한대치 상황의 원점이었겠으니 오늘보다 엄청 극렬했던 것으로 여겨질는지 모르나 꼭 그렇지만도 않았다.

상해 임정의 의정원(국회) 부의장을 지냈던 손정도 목사와 김일성의 선친 김형직이 20년대 말에는 길림吉林에서 매우 친하여 집안끼리 무척 가깝게 지냈던 모양인데, 불과 그 20년 뒤인 6·25 당시에는 손정도 목사의 맏아들 손원일이 우리 남쪽의 해군참모총장, 국방장관이었던 것이다.

이런 식으로 함축되는 전쟁이 바로 6·25전쟁이었다. 그리하여 치열한 전투에 으레 따르기 마련인 강렬한 증오, 적개심도 더러 없진 않았겠지만 피아간에 '적'과 '내' 편이 분명하게 갈려져 있었던 것이 아니라 마구잡이로 뒤섞여 있는 경우도 없지는 않았다. 그 한창 치열했던 전쟁 와중보다도 오늘의 우리 남북관계가 어떤 면에서는 몇 곱절 더 멀어져서 거의 남처럼 되어 있다.

가령 나 같은 이북피난민 경우를 보더라도 그 당시의 부산 시민들은 서울, 인천, 강릉, 대전 등지에서 피난 내려온 사람들이나 평양, 함흥, 해주, 흥남 등지에서 피난 내려온 사람들에 대해 전혀 차별을 두지 않았었다.

응당 그랬을 일이었다. 45년에 일제의 사슬에서 해방되고 불과 5년이 지나지 않았으니, 당시의 부산 시민들로서야 서울 사람이나 평양 사람이나 대전 사람이나 원산 사람이나 같은 핏줄의 조선 사람, 한국 사람이기는 매한가지였던 것이다. 45년이 지난 지금 이 시점에서 다시 곰곰이 그때를 되돌아보면, 당시의 경남도청과 부산시 '사회과'가 그 이상 고마울 수가 없다.

12월 9일, 제1진 피난민으로 이북 원산에서 내려온 우리를 급히 급히 마련한 시내 곳곳의 피난민수용소에 수용해 주었었고, 뒤이어 연성 피난민들이 쏟아져 내려오자 한 사람당 현금 얼마씩과 쌀 다섯 되와 그리고 '피란민증' 한 장씩을 교부해주며 부산 사회에 섞여 들어 각자 능력껏 살아가도록 조치해 주었던 것이다.

최일선의 전투 자체부터도 그러했다.

한병익 씨의 저서, 「지워지지 않는 그림자」에서 보면 그런 국면에 대해 잘 설명되어 있다. 수색대원 몇이 7일 동안 적지敵地 속에서 직접 겪어낸 다음과 같은 정황도 바로 그러하다.

인민군 하나가 어깨에 총을 멘 채 쏟아지는 잠을 이기지 못하는지 꾸벅꾸벅 졸면서 용케도 비탈진 산길을 내려오고 있었다. 작달막한 키에 어린 티가 물씬 나는데, 긴 장총을 질질 끌다시피 어깨에 메고 있었다. 총구만 그쪽으로 향해 놓고 숨죽이고 있는데, 하필 우리 바로 앞에서 눈을 떠, 서로가 딱 눈이 마주쳤다. 양쪽이 다 후다닥 놀랄 수밖에 없었다.

그냥 모르는 체 지나쳐주기를 바랐던 우리는 할 수 없이 그를 체포하고, 총을 빼앗아 숲속에 던져버렸다. 그리고는 그 비슷한 방식으로 무려 일곱 명이나 붙잡을 수가 있었다.

적이 우글거리는 적진 속에서 적을 포로로 잡는다는 일도 묘하거니와, 노상 쫓겨 다녀야만 하는 수색대로서는 보통 큰 전과가 아니었다.

문제는 맨몸으로도 뚫고 나가기 버거운 이 적지 속에서 이 포로들을 끌고 다닐 일이 여간 난감하지가 않았다.

일곱 명의 포로 모두가 고등학교 학생으로서 열일곱이나 열여덟 살밖에 안 되는 어린 병사들이었다. 우선 적정敵情 상황을 물었으나, 원체 말단 병사들이라 쓸모 있는 정보는 하나도 없었고, 다만 현 위치가 적진 깊숙이 들어와 있다는 것만은 확인할 수가 있었다.

고향이 어디냐, 어느 학교에 다녔느냐 등등 물으면서 그 학교는 축구가 강했지, 남녀공학이지, 하고 대화를 나누며 실은 우리도 이북사람으로 피난 대열 속에서 현지 입대했노라고 말하자, 그들도 한결 마음을 놓았다.

이쪽도 저쪽도 전혀 털끝만큼도 적의가 없었고, 같은 고등학생이었다는 공통점으로 비록 당장 입고 있는 군복은 다를망정, 야곰야곰 친밀감이 생겼다. 닷새가 지나도 사방에서 전투는 계속되고, 포성은 그치지 않았다.

얼떨결에 잡은 포로들이고 하나같이 적의는 보이지 않았지만, 원체 적진 속이라 그들을 끌고 다니기에는 힘에 부쳤다. 피아간 합해서 모두 열 명이나 되고 보니, 이젠 그 어떤 단안을 내릴 때가 되었다.

그렇게 한나절 열 명이 띄엄띄엄 앉아 먼 하늘을 쳐다보며 무심히 쉬고 있을 때, 누군가 문득 '따오기' 노래를 흥얼거렸다. 그러자 하나둘씩 따라 부르더니 이윽고 모두들 콧노래로 나지막하게 부르는 바람에, 때 아닌 숲속의 합창으로 변했다. 말하자면 적진 속에서의 남북 합창 코러스가 되었다.

당시의 수도사단 1연대 7중대 수색대원으로서 7일간의 해괴한 적진 생활이었지만 마땅히 포로로 잡혀야 하는 정황 속에서 엉뚱하게도 되레 그쪽의 여러 명을 포로로 잡아 같이 행군하는 동안의 이 기록은, 도대체 무엇 때문에 이런 전쟁을 했어야 하는 건지 새삼 어처구니가 없지만 이것이 바로 6·25 전쟁의 실제 정황의 한 단면이기도 했던 것이다.

남북 양측, 맨 윗대가리인 김일성과 손원일의 관계가 선친 때부터 그러저러했듯이 말단 병사들의 최일선에서의 행태도 바로 이러했던 것이다.

김일성의 선친 김형직과 손원일의 선친 손정도 목사가 저승에서도 막역지간으로 마주앉아 당시의 우리 삼천리강산, 하계下界를 내려다보았다면 얼마나 얼마나 절통할 일이었을 것인가. 바로 이런 현실을 앞에 두고서는 문학이라는 건, 따로 설 자리가 없었다. 현실 자체가, 너무너무 끔찍스러운 문학 이상이었으니까.

그러나 그럼에도 불구하고, 나는 애오라지 문학에만 매달리고 있었다. 죽으나 사나, 문학밖에는 매달릴 데가 달리 없었다. 그렇게 나는 JACK부대 경비원 근무를 하면서 틈틈이 긴 희곡 한 편 말고도 단편소설 예닐곱 편을 써두고 있었던 것이다. 그리고는 그 기관의 세탁부에 근무하는 염상섭 선생의 친조카라던 뚱뚱보 아줌마에게 접근했다.

제3별관의 하우스 메이드로 근무하는 염 선생 따님도 있었지만, 서로 나이가 비슷한 처녀총각인데다가 보아하니 너무너무 숫기가 없어서 그런 상대로는 합당해 보이지가 않았다. 세탁부 아줌마 쪽이 위인도 서글서글하여 접근하기가 쉬웠다.

나는 어느 날, 그 아줌마에게 단편소설 하나를 갖다 안기면서 떼

1951년 7월, 미군정보기관인 JACK 부대 경비원 시절(앞줄 오른쪽 두 번째가 이호철)

를 썼다. 아니, 떼를 쓰고 말고도 없이 아줌마 쪽에서 흔쾌히 응낙을 했다. 단지 숙부님 형편이 어떨지 모르겠으니 시일이 조금 걸리더라도 양해해 달라고 하였다.

그렇게 나는 우선 타이프 용지에다 연필로 가로쓰기한 단편 「오돌할멈」을 그 아줌마에게 맡겼다.

60년은 인간의 옹골찬 인생과 맞먹는 시간

제13별관, 미군 장교와 문관들 숙소의 룸 메이드 일(주로 방 청소)을 하는 염상섭 선생 따님은 대충 내 나이세나 되어 보이는데, 무척이나 숫기가 없이 내성적이어서 말 붙이기가 여간 어렵지 않았다. 그때 염 선생은 해군 중령으로 해군 정훈감실에서 이무영 선생과 같이 있다고 들었는데, 대강 그러저러한 연줄로 딸 하나와 조카를 이 기관 룸 메이드와 세탁부로 집어넣었으리라는 것은 짐작되었지만, 어마어마한 해군 고급장교 군복차림의 염상섭이라는 사람은 좀체 상상이 되지가 않았다.

더구나 이무영이라니. 그 농촌 소설가? 그이의 해군장교복 정장 차림은 상상만 해도 실소를 자아내었다. 물론 두 분의 그 실제 모습은 뒤에 사진으로만 뵈었지만, 지금에 와서 새삼 가만히 돌아보면 그야말로 웃기는 이야기가 한두 가지가 아니다. 대표적인 우리네 농군처럼 생긴 충청도 사람 이무영 씨가 해군 중령 정복차림으로 지프차에 탑승, 정훈감실로 드나들었다는 점도 그러하지만, 그럼 박영준 씨는 어디로 갔다는 말인가. 두 분은 생긴 거며 분위기, 작품경향까지 비슷하여 문학사적으로 거론하거나 전집 같은 데 묶을 때도 으레껏 한 세트로 취급되곤 하는데, 그때 박영준 씨는 어디로 갔다는 말인가. 그리하여 바로 그 점이 당시의 시대적 특색을 함축해 보여주기도 하거니와, 저번에도 잠깐 언급했듯이 그 불과 몇 달 전에 박영준 씨는 박계주·김수영·유성 등과 함께 '문학가동맹' 맹원으로 의용군에 동원되어, 볼품사납게 한밤중의 호 파기 일을 하고 있었던 것이었다.

박계주 씨는 인기소설 「순애보」 덕분에 인민군 현장관리 군관에게서 특별대우를 받을 수 있었다지만 그때 박영준 씨는 죽을 맛이었을 것이다. 사람이라는 게 이런 경우에 닥치면 자기를 챙기기에만 오직 급할 뿐이지 남 생각까지 할 겨를이 없다. 박영준 씨랑은 어렵게 호 파기 작업을 하는데 인민군 군관과 단둘이 마주앉아 노상 빈둥거린 박계주 씨 심정이 과연 어떠했을까. 그야 뻔할 뻔자, 인기소설 「순애보」 덕을 이런 식으로 보고 있는 것이 단지 감지덕지 요행스럽게 여겨졌을 것이다. 그런 상태로 어쩌다가 두 분이(박계주 씨와 박영주 씨가) 딱 마주쳤을 때, 피차에 어떤 표정을 하였을까. 그야 서로 난처했을 것이다.

한쪽은 머리도 안 깎고 러닝 바람으로 총 관리책임자인 인민군 군관과 마주앉아 거들먹거리고, 한쪽은 빡빡 대가리에 추레한 차림으로 장터에 나온 촌닭마냥 어릿거렸을 터이니, 어찌 안 그랬을 것인가. 그러나 박계주 씨 입장으로도 어쩔 방법은 없었을 것이다. 제 한 몸, 그 정도로 가누기에도 얼마나 늘 힘겹고 아슬아슬했을 것인가.

사람들이 별안간에 이런 상황으로 접어들게 되는 것, 바로 그게 '난세'일 터이다. 사람마다 본디 생긴 자기 모습으로 살아갈 길을 원천적으로 차단당한 채 '권력'에 송두리째 좌지우지 당하며 휘둘리게 되는 상태, 거기에는 이미 '본래의 인간관계'라는 게 설 자리는 없게 된다.

50년대 초, 6·25 후의 문단 내의 인간관계라는 것도 예외 없이 그러했다. 이무영 씨가 해군 중령 정훈감의 정복차림으로 군 지프차 앞자리에 타고 다닌 데 비해, 오늘 노상 한 짝으로 취급되는 박영준 씨는 의용군으로 한밤중에 무개화차에 실려 끌려가 호 파기에 동원되었다는 식으로 그렇게 극과 극으로 갈려지는 예가 비일비재하였다. 한 형제 사이에도 그런 경우가 얼마나 많았는가. 그리하여 한바탕 격전이 끝나고 나면, 즐비하게 널려 있는 적의 시체를 하나하나 더듬어 찾아본 월남자들도 많았다지 않은가. 혹시나 그 시체들 중에 형이 있지나 않을까, 동생이 있지나 않을까 마음 졸여하면서. 그러니 이무영 씨와 박영준 씨의 대비 같은 것도 특이한 경우이기는커녕 당시로서는 예사로운 경우였다.

기왕에 말이 났으니 하는 말이지만 염상섭, 이무영 두 분이 그렇게 해군 정훈감실에 몸을 담게 된 것은 해군참모총장 손원일 씨의 특별 발탁이었다고 하는데, 그건 본디 경무대 공보비서로 몸담고 있던 김광섭 씨의 알선에 의한 것이 아니었을까? 십중팔구 그랬을 성싶다.

그러고 보면 김광섭 씨의 맏딸 김진옥 씨도 나보다 몇 달 뒤였지만, 그 JACK부대에 '통역관'으로 들어와 있었던 것이었다. 그리고 손원일 해군참모총장으로 말하더라도, 그이는 상해 임정의 의정원 부의장(국회 부의장에 해당) 손정도 목사의 맏아들이었으며, 손 목사는 20년대 말에서 30년대 초에 걸쳐서 길림에서 김일성의 집안과도 친교를 맺으며 김일성이 처음에 현지 감옥에 잡혔을 때 그 출옥에 힘을 써주었던 사람인 것이다.

최근 출간된 김일성의 회고록『세기와 더불어』의 2권 첫머리는 제4장의 첫 절이 '손정도 목사'라는 소제목으로 이루어져 있는데, 그 안에는 1991년 5월 미국에서 병리학 의사로 일하던 손정도 목사의 막내아들 손원태 씨가 80고령으로 부인과 함께 평양으로 들어가 김일성을 만나던 정경이 다음과 같이 쓰여 있기도 한다.

> "주석님! 하고 부르며 나를 얼싸안는 손원태의 눈에서는 눈물이 비 오듯 흘러내리고 있었다. 수만 마디의 언어가 집약되어 있는 눈물, 참으로 많은 사연을 담고 있는 눈물이었다. 허구한 세월, 그리움으로 가슴을 에면서도 우리는 어찌하여 백발이 다 되어서야 만나게 되었는가. 무엇이 우리의 해후를 반세기 이상이나 끌어오게 하였던가.
> 60년이란, 인간의 옹근 한 생에 맞먹는 장구한 시간이다. 음속보다 더 빠른 속도를 가진 비행기들이 하늘을 씽씽 날고 있는 문명시대에, 10대에 헤어졌던 사람들이 80이 다 되어 만난다면, 우리를 노년기에로 끊임없이 떠밀어온 그 시간의 누적은 너무나도 무정하고 공허한 것이 아닌가……."

바로 우리가 할 소리를 사돈이 앞질러서 하는 격이다. 이런 소리를 늙마의 김일성이 자신의 회고록에서 구시렁거리다니, 웃기는 이야기처럼도 들린다. 물론 그 글도 김일성이 직접 쓴 것이 아니라 북쪽 작가들을 동원해서 집단집필로 책을 꾸렸다는 것이긴 하지만, 어쨌거나 6·25 직후 그때에는 그 손정도 목사의 큰아들 손원일 씨가 해군참모총장(국방부장관)으로 이승만 정부에 중용되고 그러저러한 연줄로 염상섭, 이무영 두 분이 특별 발탁에 의해 해군 중령이 되기도 했던 것이다. 김일성의 그 회고록에도 손정도 목사와 그 막내아들 손원태 이야기만 나올 뿐이고, 큰아들인 손원일 이야기는 한마디도 내비치지 않는다. 그러니까 그 옛날에 이미 손원일은 도미하여 이승만의 휘하에 들어 있었던 셈일까. 그 점, 일말의 궁금증과 함께 세월의 무상함을 새삼 느끼게 한다.

문학잡지의 산실 '문예살롱'

앞에서 6·25 전쟁 중의 우리 문인들의 움직임을 대강 살펴보았는데, 요컨대 1949년에 창간된 월간 「문예」지가 더러는 결간되면서 띄엄띄엄이라도 부산에서 나왔다는 것은 기적에 가까운 일이었다. 그리고 이때 이 일을 맡아냈던 것이 바로 조연현이었다.

그러다가 1953년 환도 뒤의 문단 중심도 당연히 서울로 돌아올 수밖에 없었는데, 바로 명동의 '문예살롱' 다방이었다.

같은 명동에는 소설가 이봉구가 노상 죽치고 있던 '모나리자' 다방도 물론 있었고, 젊은이들이 많이 드나들던 '돌체' 다방, 그리고 '문예살롱'에서 바로 코앞 거리로 이해랑·김동원·황정순 등 연극배우, 음악인, 화가들, 그리고 문인 중에서는 이봉래·양명문·조경희·조애실·박인환 등이 자주 드나들던 '동방살롱'도 있었다.

환도 뒤의 대표적인 두 문학지, 1955년에 「문예」 바통을 이어받아 창간되었던 「현대문학」과 같은 해 6월 월간잡지로 나오기 시작한 「문학예술」의 필진들은 저녁이면 노상 '문예살롱'에 모여 들었었다.

그 무렵 서울에는 종합잡지로 「사상계」와 「신태양」, 그리고 조금 대중 취향의 「희망」이 있었는데, 「사상계」는 종로2가 한청빌딩, 「신태양」은 시청 앞, 「희망」은 세종로의 정동방송국 근처에 있었다. 물론 방송이라는 것도 오로지 KBS라디오 하나뿐이었다.

「사상계」에는 철학가 안병욱과 함께 소설가 김성한이 편집을 맡았고, 「신태양」에는 주간 유주현에 편집장 홍성유, 그 밑에 손세일·정연희·정인영·이경남·정현종·김송희 등이 있었다.

1950년대 중엽에는 매달 문학잡지들이 나올 만한 날짜가 가까워지면 벌써 2, 3일 전부터 '문예살롱' 다방은 화끈하게 달아오르기 시작했다. 드디어 어느 날 저녁답에 「현대문학」사의 시인 박재삼과 「문학예술」사의 미스 김이 잡지 묶음을 떼메고 다방 안으로 운반해 들였다. 그때 「현대문학」사는 종로5가 넘어 효제동에 있었고, 「문학예술」사는 1955년 무렵에는 을지로2가에 있었던 것이다. 그러면 더러 한 발 먼저 와 있던 조연현이 마악 들어서는 박재삼에게 짙은 경상도 사투리로 묻는다.

"봐라, 박 군. 필자본, 기증본 한꺼번에 다아 가 왔나?"

그때 조연현의 그 아무렇지도 않게 부르는 '박 군'이라는 호칭은 평소 박재삼의 행색에는 썩 어울리기도 했지만, 매우 못마땅하게 들렸다. 박재삼도 어엿한 시인일 터인데, 만인 환시리에 '박 군'이라니, 저건 시인 박재삼에 대한 대접이 아니지 않은가, 하고 불끈 울분이 솟기도 했다. 하긴, 조연현은 본시 함안 사람이고 박재삼은 삼천포였으니, 그들 간에는 특별히 그럴 만한 저들대로의 사연은 있었을 것이다. 하지만 아무리 그렇다손, 여느 문인들이 보는 앞에서 강아지 부르듯 하는 조연현의 호칭에 박재삼이 번번이 고분고분 응대하는 것은 나로서는 여간 꼴 보기 싫지가 않았다.

반세기가 지난 지금 돌아보면, 이런 것이 이를테면 김동리, 조연현이 주도했던 당시의 가부장적 문단 분위기의 대표적인 사례였을 것이다. 나는 물론 매일이다시피 어울렸던 박재삼에게 그런 불만을 털어놓지는 않았다. 실제로 1955년 그 무렵에는 소설가로 데뷔한 사람으로는 내가 만23세로 가장 어렸고, 시인으로는 나보다 한 살 아래인 박재삼이 가장 어렸었다. 그러니 우리 둘은 매일 저녁 같이 어울릴 밖에.

김동리 회장에 박기원 시인이 총무였던 명천옥의 '주호회酒好會'에도 늘 같이 가곤 했었다. 으레 명천옥에서도 저녁 시간이 되면 2층의 정해진 방 하나는 문인용으로 비워두곤 하였다. 일고여덟 앉기에 꼭 알맞았고, 여남은이 둘러앉으면 빼곡 찼다. 명천옥은 명동 초입으로 들어서서 금방, 왼쪽 을지로 방향으로 꺾여 오른쪽에 자리한 일본식 2층 건물이었다.

그렇게 당시의 문단 좌장격이었던 동리 주도하에 막걸리 몇 잔씩 급히 급히 마시며, 비잉 돌아가며 노래 한 자락씩 부르는 게 노상 정해진 일과였다. 통행금지 예비 사이렌이 "뚜우" 하고 불면 몇 푼씩 십시일반으로 걷어 값을 치르고는, 각자가 전차표 한 장씩 꺼내들고 득달같이 귀갓길에 올랐었다.

모나리자와 돌체

환도 전부터 명동의 모나리자 다방을 외롭게 지키던 이봉구는 조금 작은 체구에 얼굴이 까무잡잡하였다. 부끄럼 타듯이 노상 한 손으로 입을 가리며 웃는 모습은 영락없는 소년이었고, 말하는 것도 전혀 어른같지가 않고 심하게 수줍음을 타는 어린애같았다.

이 이봉구를 처음 보았을 때 대단히 실망했던 것을 나는 이날 이때까지도 잊지를 못한다. 이름 석 자에서 풍기는 장대한 느낌은 오간 데 없이, 마치 농촌의 꼴지게를 진 여남은 살의 소년의 모습이었다. 흔한 어른의 위엄 같은 것은 털끝만큼도 없는 사람이었다.

그 무렵 그이는, 종일을 다방 '모나리자'에 앉아 커피로 외로움을 달래다가, 출출해지면 좁은 길 건너 '은성'으로 뽀르르 나서서 막걸리 한 사발로 요기를 하곤, 다시 '모나리자'로 돌아오는 식이었다.

그이의 이 버릇은 그 뒤, 몇 십 년을 이어져 오던 끝에 알코올 중독으로까지 진전되었는데, 세상 떠나기 직전 말년까지 그랬다. 그것도 걸판지게 술을 마시는 것이 아니라, 꼭 한두 사발씩 빈대떡과 두부나 깍두기 쪽을 곁들여 마시는 것이었다. 술기운이 떨어질 만하면 다시 뒤를 잇대어야 했다. 딱히 벌이가 있었을 리 없었다. 기껏 잡문 고료로는 그 매일 매일의 막걸리 값을 충당하기도 버거웠을 것이다.

그런 처지임에도 불구하고, 그이가 말년까지 지켜낸 불문율 한 가지는 있었다. 문단 선배, 동료 중에 어느 누가 세상을 떠났을 때는 틀림없이 문상問喪을 하는 것이 그것이었다. 물론 제대로 부의금을 낼 형편은 못 되었다. 그 대신에 꼭 묘지까지는 갔다. 그야말로 몸 하나로 때웠던 것이다.

이 점, 언젠가 정음사 최영해 사장의 장례자리에서 들었던 것 같은데, 박연희 씨가 중얼거리던 소리가 새삼 떠오른다.

"암튼 문인이나 출판사 쪽의 어느 누가 세상 떠나서 그 상가에를 가보면, 틀림없이 나보다 먼저 와 있는 사람이 있거든. 누구냐, 바로 이봉구 씨야. 그러구 천하없어도 묘지꺼정 가고. 그건 그이로서는 절대 불문율이었어. 저거 하나 저렇게 철저히 지켜낸다는 것도 만만치는 않았을 것인데" 하고.

그리고 정작 그 본인이 세상 떠났을 때는 어떠했는지 나는 알지 못한다. 나부터도 몰랐으니까. 언젠가 나는 그이가 벌써 몇 년 전에 세상 떠나셨다는 소리를 듣고 대단히 놀랐던 것이다. 어찌 모를 수가 있었을까 하고.

말년이 불우했던 것은 '문예살롱'과 명천옥의 '주호회'를 끝까지 지켰던 시인 박기원도 마찬가지였다. 껑충한 키에다 노상 코를 킁킁거리는 묘한 버릇을 갖고 있었는데, 나는 그이가 세상 떠났다는 소리도 모르고 넘어갔다.

그 언젠가 황금찬 씨를 통해서야 뒤늦게 알았지만, 그이는 도저히 서울에서는 못 견뎌내고 충청도 제천의 큰마누라 곁으로 가서 눈을 감았다던 것이었다.

그렇다면 작은마누라도 있었다는 이야기인가. 사람마다 나름대로 지닌 그 프라이버시 영역까지 이런 자리에서 헤집어낸다는 것은 제대로 된 도리가 아닐 것이다.

어쨌든 50년대에는 다방이라는 것과 문학의 관계가 그 정도로 떼려야 뗄 수 없이 밀접했는데, '모나리자'를 지키던 이봉구와 '문예살롱'을 지켜냈던 박기원이 언제 어느 때 세상 떠났는지 모르게 소리 소문 없이 내 시야에서도 사라졌다는 것이, 새 2000년대도 15년을 넘기고 있는 오늘에 와서는 새삼 일말의 아픔으로 와 닿는다.

아무튼 이봉구 혼자서 지켜냈던 '모나리자'도 1953년 환도 뒤에는 아연 활기를 되찾는다. 이봉구의 그 10대 소년 같기도 했던 천진난만한 웃음소리의 횟수가 다방 안에서 늘어나고, 공짜 막걸리가 심심치 않게 생기게 되는 것이다. 그렇게 이 사람 저 사람이 이봉구를 이 술집 저 술집으로 이끄는 것이다. 술집이래보았자 명동 한복판이라지만, 드럼통을 그대로 써서, 빈대떡만한 호떡 걸상에 앉을라치면, 턱주가리가 드럼통 가생이에 닿곤 하던 목로 집들이었다. 그래도 은성은 조금 나은 편이었다. 드럼통 중간을 쇠톱으로 잘라 그 위에 판때기를 얹은 술상이어서 턱주가리가 드럼통에 닿을 염려는 없었다.

그 무렵에 그렇게 '모나리자'에 드나들던 주된 멤버들은 심연섭·박성환·김용환·김영주·백영수·김광주·박계주·이명온·이봉래·김규동·김종문·송지영·박인환·김진수·최기덕·조지훈·이한직·

정봉화·이순재·김호성 등이었고, 아직 20대 초반으로 어렸던 나도 두세 번 구경삼아 들러 보았다.

드럼통 술상 이야기가 나오자 금방 떠오르는 것이 영양 사람 조지훈 시인의 술 마시던 스타일이다. 우연히 그이와 술자리에서 한두 번 어울렸었는데, 더운 여름날 해가 아직 중천에 있음에도 그이는 이미 대취해 있곤 하였다. 그러니까 점심때부터 내리다지로 마시지 않았는가 싶었다. 그이는 원체 목소리는 우렁찼지만, 일찍부터 천식이 있어, 가랑가랑 숨찬 목소리로 도도한 기염을 토하곤 하였다.

그렇게 술이 엉망으로 취하면, 명동 골목길에 네 활개를 펴고 누워 있기도 하였다. 그런 그이의 모습도 나는 두어 번이나 직접 보았다.

조지훈의 그런 술 마시는 스타일은, 그이가 즐겨 찾던 술집에서부터 표가 났다. 대낮에도 마치 굴속 같은 축축하고 음산한 술집, 그냥 생 드럼통을 술상으로 하여, 키 작은 사람은 아예 턱주가리를 그 드럼통 위에다 얹어 놓고 있어야 하는, 그런 술집을 조지훈은 유독 좋아하였다. 안주래봤자 빈대떡과 두부부침, 어린 북어새끼 노가리 정도였다.

대구로 내려가 겨울을 지내고 이듬해 늦은 봄에 간암진단을 받고 서울로 올라와 성모병원에 입원했으나, 얼마 안 지나 수녀 한 사람에게 안겨 운명을 한 장철수라는 사람도 한때는 '모나리자'의 단골이었다.

그이도 조지훈과 맞먹을 정도로 정치성의 술주정이 늘 아슬아슬했다.

"이놈들, 이 죄다 썩어빠진 놈들, 집권자에게 아부나 일삼는 놈들 같으니. 부통령 자리를 내던진 인촌 선생을 보란 말야."

느닷없이 이런 소리를 고래고래 지르면, 같은 다방 안의 다른 사람들은 슬금슬금 자리를 피해 달아나야 했다.

"저이, 또 주정이군. 그 좋은 학벌, 탁월한 머리, 일본의 외교관으로 일찍부터 구라파 물도 먹은 진짜진짜 외무장관감인데."

한구석에서는 이렇게 구시렁거리는 사람들도 있었다.

그 장철수가 세상 떠난 뒤, 그이와 살아생전의 막역한 친구였던 이상백은 다음과 같은 추도문을 쓰기도 했었다.

"철수는 지금 서울 동교東郊 산기슭 천주교 공동묘지에 혼자 묻혀 누워 있다. 철수를 묻는 날, 들에는 꿩이 울고 하늘엔 구름 한 점 없었다. 명랑한 철수가 가장 좋아하던 친구들이 손수 흙을 그 몸에 덮어 주었으니, 인생에 고독한 그의 장례식으로는 이 이상 바랄 것이 없다. 그 무덤이 사태 길 바로 옆이 되어 홍수 질 때가 걱정이다. 그러나 홍수가 진들, 산이 무너지고 무덤의 행적조차 없어진들, 어떠하리오. 이 세상에 누가 철수의 무덤을 찾을 리가 있으며 춘화추국을 공양할 사람이 있겠는가. 철수의 영혼은 높은 하늘로 이미 갔고, 우리의 마음은 뜬구름에 묻혔다. 육체야 어찌되었던지 그것을 버린 영혼이나마 안정하라. 저 삶은 그렇게 고독하지는 않을 것이다."

장철수가 모나리자에 앉아 큰 목소리로 고래고래 당시의 정치권에 대고 욕설을 퍼부을 수 있는 유일한 사람이었다면, 그 다방 앞길에서 장철수 못지않은 큰 목소리로 고래고래 비슷한 소리를 지르는 거의 유일한 사람은 바로 조지훈이어서 금세 명동 파출소에서 득달

같이 와서 모셔가곤 하였다.

이들과는 조금 종류가 다르지만, 엉망으로 취하여 몸을 제대로 가누지 못하면서도 완전히 생떼를 쓰듯이 갖가지 욕설을 해대고, 의자고 뭐고 닥치는 대로 집어던지는 김진수(희곡작가)의 철저한 술주정도 일품이었다.

그렇게 다방 '모나리자'는 중태에 빠졌다가도, 이튿날 오후면 다시 용케 살아나곤 하였다.

수요일 오후가 되면 반드시 어김없이 나와서 차 한 잔을 들고 돌아가는 마해송도 '모나리자'의 명물 중의 한 사람이었다. 검은 안경에 단정하게 앉아 커피 한 잔을 마시고 담배를 피우는데, 그때 흔하게들 돌아가던 양담배가 아니고 그이는 언제나 꼭 국산 담배였다.

그리고 젊은이들이 주로 모이는 다방으로 '돌체'가 있었다. 시공관에서 퇴계로 쪽으로 올라가다가 오른편으로 공초 오상순이 매일 아예 자기 집 안방처럼 죽치고 앉아 이대, 숙대(그 당시 여자 대학은 이 두 대학뿐이었다) 여대생들과 노닐던 청동다방도 빠뜨릴 수가 없다.

그 무렵 공초는 안국동 '선학원'에서 기거했던 것으로 기억한다. 물론 나도 그 청동다방에는 누군가에 끌려서 갔던 기억이 있는데, 공초의 그 공초성 담배에는 기가 질려 버렸었다.

그이는 '선학원'에서 기거한다지만, 낮에는 노상 청동다방에 나와 앉아 있었다.

그 청동다방에서 다시 10미터쯤 더 올라간 2층 다방이 '돌체'였는데, 어이가 없을 정도로 볼품없이 작았다. 그 무렵의 신세대가 이곳에를 드나들었다. 돌체는 맞은편 지하로 널따랗게 자리를 잡으며 옮겨간 뒤에 한때 앰플레스로 이름이 바뀌었는데, 이일·이태주·김용권·정인영·이규헌·신기선·강민·황명걸·이철범에 이어령도 이따금씩 드나들었다.

정영일은 이 다방의 단골이다 못해 디스크자키 노릇도 하였다. 평양2중 출신의 그이는 영화·음악에 그 시절부터 조예가 깊었고, 끝내 뒤에는 그쪽으로 일가를 이루며 조선일보 문화부 기자로 특별 스카우트되기도 한다. 하지만 돌체 시절의 그이는 언제나 남한테 묻어서 막걸리 사발이나 얻어 마시곤 하였다.

뒤에 젊은 음악 팬이 엄청 늘어나면서 돌체는 그 동쪽 지하로 넓은 터를 구입하면서 옮겨 가는데, 그때가 아마 돌체의 절정 시절이 아니었을까. 종로 쪽의 르네상스와 함께 그 무렵 서울 젊은이들의 음악 팬들은 이 두 군데가 죄다 소화해냈던 것이었다.

내가 본격적으로 술을 배운 것도 이때였다. 정확히 1956년 추천이 두 번 완료된 뒤였다. 그 첫 상대는 시인 이일이었다. 그리고 새삼 기억이 나지만, 그 무렵 우리들의 선망 섞인 눈길을 독차지했던 분으로는 작곡가 이영자 씨가 있다. 그 무렵에는 우리 몇몇 사이에서 꼬젯트라는 별명으로 매우 인기가 높았었다. 여북하면 나 같은 사람도 시공관에서 있었던 그녀의 첫 작곡 발표회에는 참관했을 것인가.

그 무렵에 자주 드나든 술집은 할머니 집. 동방살롱에서 을지로 쪽으로 조금 내려가다가 왼편에 있던 옴폭한 집이었는데, 감잣국이 일품이었다. 돼지뼈에다 통감자를 넣고 시래기 같은 야채와 함께 끓

여내는 국이었는데, 막걸리 곁들여서는 그저 그만이었다. 글깨나 쓴다는 젊은 축들을 비롯, 문화인 족속들이 주로 단골이었다.

동양통신의 이동혁, 합동통신의 문일영도 드나들었다. 서울대학 철학과를 다니던 채현국을 처음 만났던 곳도 이곳이었다.

미당과의 인연

1930년대 말에서 50년대에 걸친 미당 서정주의 구체적인 삶은 어떠했는가. 왜정 치하의 그 무렵, 서울을 벗어났던 고향에서 견뎌낼 수 없으면 대서방을 하는 처갓집에서라도 좀 견뎌 보겠노라고 했었다.

그즈음 그이는 서울에 남아 있는 한 문학인 친구에게 다음과 같은 사연의 엽서 한 장을 보낸다.

요새 연일 네가 보고 싶어졌다. 나는 요즘 군청이라는 데를 다닌다. 임시 고원雇員이다. "오하요오 고자이마스", 아침이면 이런 인사를 열 자리 이상은 해야 한다. 하루 일원. 꽃이 피었다. 나는 또 자꾸 회체懷體하기 시작한다, 절망인지, 무슨 그런 것이 이제 새삼 따로 있겠느냐마는, 너무 아득한 길인 것 같아서 어디 노변에 자꾸 주저앉고만 싶다.

또 이런 편지도 써서 보낸다.

나는 지금 글자 그대로 유야무야한 상태로 있다. 환경도 환경이리라. 그렇지만 벗아! 이 침투하는 정열은 어쩐 까닭이냐? 뼈다귀를 깎아 먹으면서도 우리는 다시 일어서야 하지 않겠느냐. 그리고 벗아! 나는 어쩌면 정읍이라는 데로 이사를 갈 것 같고, 어쩌면 또 사법대서업이라는 직업으로 밥줄을 이어갈 것 같다. 대서집 골방에서 나는 대단히 적막할 수도 있으리라. 나는 이렇게 무력한 내가 죽는가, 죽지 않는가를 그렇게 시험해 보려 한다. 벗아, 사람이 산다는 것은 대체 무엇이라냐? 남국엔 벌써 봄이 다 되었다. 어째 나는 자꾸 울 것만 같구나.

그런 서정주가 1950년 그 난리 속을 어떻게 보냈는지, 북에서 피난민으로 넘어온 나는 당연히 알지 못한다. 고향 쪽으로 내려가서 견뎠으리라고 나대로 짐작만 할 뿐이다.

그런 서정주를 내가 글로서나마 처음으로 접했던 것은 조연현의 짧은 평문으로 「문둥이」라는 시를 읽으면서였다.

해와 하늘빛이
문둥이는 서러워

보리밭에 달 뜨면
애기 하나 먹고

꽃처럼 붉은 울음을 밤새 울었다.

아아, 이 시를 처음 접했을 때의 그 강했던 충격을 나는 지금까지도 선렬하게 기억하고 있다.

그 뒤 그이를 처음 만난 것은 1955년 7월, 남산 초등학교에서 열렸던 '문협' 총회 때였다.

나의 첫 작품 「탈향」이 나온 며칠 뒤, '문예살롱' 다방에서 동리께서 모처럼 나에게 아무 날 몇 시에 '문협' 총회가 있으니 나오라고 하여, 그날을 손꼽아 기다렸다가 나갔던 것이다.

예술원 일로 문단이 두 조각이 나면서 열리는 총회여서, 그때의 주요 면면은 월탄 박종화를 비롯, 동리·목월·지훈·조연현·곽종원 등이었으며, 그 총회에서 주로 발언하는 사람도 동리·조연현·조지훈 등이었다.

그때 나는 뒷자리 쪽에 앉았었는데, 바로 앞에는 곽학송이 앉아 있었다. 그리고 바로 내 뒤에 앉았던 사람 하나가 발언자 한 사람, 한 사람의 이름이 뭐냐고 나에게 물어 보는 것이 아닌가. 그래서 동리며, 조연현이며 목월, 조지훈 등을 아는 대로 일일이 말해주었다.

그랬더니 나를 가리키며 댁의 성함은 어떻게 되느냐고 물었다. 나는 소설 쓰는 이호철이라고 하였다. 내심으로, 겨우 첫 작품 하나 발표하고 나서 "소설 쓰는" 어쩌고 운운한 것이 조금 쑥스러웠다.

그러자 상대는 와락 반색을 하며 소곤거렸다.

"옹 「탈향」 쓴, 읽었지요. 읽구 말구요. 소설 좋더구만요."

그리하여 나도 거꾸로 물었다.

"댁은 성함이…."

그러자 상대도 즉각 대답했다.

"광주서 올라온 이수복입니다."

"아, 동백꽃. 시 잘 읽었지요. 홍치마에 지던 하늘 비친 눈물도 나는 몰라…."

이 구절은 미당이 추천사에서 이 부분을 특별히 인용까지 하면서 칭찬을 하여 나도 그렇게 외우고 있었던 것이었다.

그렇게 우리는 맨 뒷자리에서 새삼 악수를, 힘찬 악수를 거푸거푸 나누며 똑같이 반색을 하였다.

앞쪽에서 동리·조연현·지훈·목월 등이 차례로 일어서서 주 안건을 토의하는 내용은, 이수복이나 나나, 제대로 알아들을 수도 없었다. 문단에 첫발을 내딛은 신출내기들이니 응당 그럴 밖에 없었다.

점심은 충무로의 어느 음식점에서 한식으로 먹었는데, 그때로서는 꽤나 큰 3층 음식점이었다. 거기서도 나는 박재삼의 소개로 시인 이동주, 박용래 등과 첫인사를 나누었다. 그 식당 2층 계단에서 요란스럽게 서로 첫 악수를 나누었던 기억이 지금까지도 아련하게 남아 있다.

그때 나는 3층까지 혼자서 올라갔다.

마침 방 하나에 월탄 박종화와 미당 서정주가 마주 앉아 있었다. 이런 경우의 나는 원체 주변머리가 없어, 제대로 인사도 올리지 못한 채 그 옆자리에 앉아 비빔밥 한 그릇을 먹으며, 두 분이 이야기 나누는 것을 가만가만히 엿들었다. 하지만 그때 두 분이 무슨 이야기를 나누었던지는 지금 전혀 기억이 없다.

오후 회의도 있었던 것 같은데, 남아 있는 기억이 별로 없다. 소설 쪽의 신인으로는 강신재·서근배와 추식이 나왔었다는 기억이고, 손창섭·장용학·김성한·오상원·전광용·정한숙 등은 안 보였다. 아마 학교 일 같은 것에 매어 있지 않았나 싶다. 이범선, 오유권도 안 보였다. 그때 가장 어렸던 것이 시의 박재삼이었고, 소설 쪽으로는 나였었다는 것만 대강 기억할 뿐이다. 그때가 1955년 7월이었으니까.

그 몇 달 뒤, 추운 저녁에 박희진의 제의로 서기원과 셋이서 공덕동의 미당댁으로 찾아갔다. 마포 쪽으로 나가는 지상 전차를 타고 가다가 어디쯤에서 내려서 오른쪽으로 꼬불꼬불한 골목길을 한참이나 올라가야 했다.

"만리동에 피어나는 아지랑이는 만리동에 사는 이의 사랑의 모습,

공덕동에 피어나는 아지랑이는 공덕동에 사는 이의 사랑의 모습."

이런 시 구절을 주절대며 우리 셋은 그 기인 골목길을 더듬어 올라갔다. 겨울날 치고도 몹시 추운 저녁이었는데, 그 긴 골목길을 오르는 동안 우리는 길에서 단 한 사람도 부딪치지 않았었다.

그때 동화통신사에 근무하던 서기원과 미아리에 거주하던 박희진은 두툼한 겨울 외투 차림이었지만, 나는 아직 외투를 장만하기 전이어서 그냥 맨 양복 차림이었다.

미당댁에서 우리는 당연히 술을 얻어 마셨는데, 술국 비스름한 찌개도 나왔던 것 같고, 이것저것 안주걸이도 나왔던 것 같으나, 하나같이 통 맛대가리가 없었다.

나는 이날 이때까지도 그때 미당댁의 음식이 대단히 '맛이 없었다'는 기억만 선렬하게 남아 있는데, 그 훨씬 뒤, 당신의 맏아들 승해와 자주 어울리게 되면서 두 번째, 세 번째로 그 댁에 가서 먹어본 음식은 꽤나 맛이 있었던 것으로 미루어, 50년대 중엽 그때는 미당

댁에서 처음으로 호남음식을 대해 보아, 원체 생소했던 데에 말미암았던 것이 아니었을까 하고 지금은 생각하고 있다. 왜냐하면 그 뒤 나는 아내를 호남의 영광 태생으로 맞아 호남 음식의 진미를 비로소 알게 되었기 때문이다.

드디어 막걸리로도 대취하여 '통금'도 있어 그 댁에서 나올 판국인데, 취하신 미당께서는 잠깐 기다리라며 안으로 들어가시더니 금방 두툼한 개털 오버를 들고 나와서는 나더러 입고 가라는 것이 아닌가.

아마도 서기원과 박희진이 두툼한 외투 차림인데 나 혼자서만 맨 양복 차림인 것이 매우 안쓰러웠던 것 같았다.

게다가 밤이 깊어지며 날씨는 더더욱 곤두박질치듯이 맹렬히 추워졌던 것이다.

"자, 어서 입고 가라구. 개털이라, 모양새는 좀 뭣 하지만, 그야, 뭐 어떠어. 몸 뜨스허면 그만이지. 이건 내가 호철이에게 아조 줄 텡기. 염려 말고 입고 가아."

아마도 이 일로 몇 분간은 실랑이를 벌였을 것이다.

"입고 가거라."

"괜찮습니다."

"그래도 입고 가거라. 아조 줄 테닝게."

"괜찮습니다. 저는 본시 북쪽 태생이어서 이 정도의 추위는 견딜 만합니다."

그렇게 한참 동안이나 밀고 당기는 실랑이를 벌였던 것이다.

끝내는 그 개털 오버를 안 입고 나왔는데, 이튿날 아침 하숙방에서 잠이 깨자마자 어젯밤의 그 일부터 떠올리며 살그머니 후회가 되었다. 그냥 못 이기는 체 받아 입고 올걸, 그 개털 오버의 실제 효용면은 여하간에 그만한 큰 시인, 미당에게서 그런 걸 받았다는 기념적인 뜻이 있지 않았을까 싶어지며 못내 아쉬워지는 느낌이었다.

미당 서정주 선생의 '뽀뽀!'

미당 서정주의 시를 둘러싼 이야기들은 수없이 시 애호가들에게도 회자되고 있거니와, 그중의 한 가지만 이 자리에서 털어놓자면, 1950년대 말에서 60년대 초엽에 「현대공론」이라는 잡지의 편집을 맡았던 분은 이종환이었다.

그 당시 모든 문학인들이 하루하루 끼니를 꾸려가기가 어려웠던 시절에 그이는 부인이 산부인과 의사여서 주위 문인들의 부러움을 사기도 했다. 그이가 「현대공론」 잡지 편집을 맡았다가 두고두고 보람으로 여겼던 것은 다름이 아니라 바로 미당의 두 시 '무등을 보며'와 '상리과원'을 그 잡지에 얻어 실은 것이라고 되풀이 되풀이하던 것이었다.

나는 그 이야기를 퍽 인상적으로 들었다. 왜냐하면 나도 20대 중엽 마악 문단에 첫발을 들이 밀었던 무렵이어서 미당의 시를 접하고는 처음부터 끝까지 달달 외곤 했었기 때문이다.

어느 날 저녁 명동거리 어느 술집에서 미당과 상봉했을 때였다. 그 두 시뿐만 아니라 '산중문답', '문둥이' 그밖에도 몇 편을 내리다지로 읊어대자, 맞은편에 앉았던 미당도 너무너무 좋아하며 "내 새끼, 내 새끼" 하고 좋아했다. 술상 너머로 갑자기 나를 끌어안으며 다짜고짜 입에다 뽀뽀를 하는데 아예 당신의 혀를 내 입 한가운데로 밀어넣어 그 당시 숫총각이던 나는 기겁을 하게 놀랐다. 그날 그이는 끝내 내 하숙집까지 와서 주무시기까지 하였다. 그때 나는 삼선교 한성여고 앞에 하숙을 정하고 있었다. 오상원과 같이 한방을 썼는데, 마침 그때 오상원은 무슨 일인가 있어, 모친이랑 형님이 사는 해방촌 쪽으로 며칠간 가 있어, 나 혼자였으니 미당을 하룻밤 모시기에는 안성맞춤이었다.

그리하여 그 뒤로도 나는 마포 언덕 위의 그 댁엘 심심치 않게 드나들며 미당의 맏아들인, 지금은 미국에서 변호사로 있는 서승해와도 친숙하게 지냈었는데, 그 미당과의 마지막 헤어짐도 나로서는 만만치 않게 깊은 추억으로 남아 있다.

바로 그이께서 마지막 입원을 했을 때였다. 일원의 삼성병원에서였는데, 마침 그 무렵 어느 날 나는 주기적으로 내 건강을 체크하는 날이어서 그 병원엘 갔다가 모처럼 왔던 길에 그이의 병실까지 찾아 올라갔다. 10층 독방이었다.

병실 문을 열고 들어서자 미당께서는 바로 초입에 반듯하게 누워 잠이 들어 있었다. 그리고 안쪽 창가에 큰 며느리, 승해의 안댁이 앉았다가 반색을 하며 일어섰다. 남편은 못 오고 자기부터 왔노라고 하였다. 마산 출신의 시인 강위석의 매씨인 그녀는 아주 반가워하며 옛날에 같이 어울렸던 시절을 자연스럽게 화제로 꺼냈다.

오빠인 강위석은 이제하, 미국에 있는 송상옥 등과 고등학교 때

한반이었다는 것을 나는 알고 있었고, 특히 그 무렵에 강위석이 그 학교의 급장을 했던 것까지 기억해내며 한마디 하자, 그 며느리는 깜짝 놀라며 어떻게 그런 것까지 기억하느냐고 여간 놀라지 않았다. 그녀도 원체 무료했던 터라, 시아버님이 바로 곁에 누워 계시다는 것도 깜박 잊은 듯이 호들갑을 떨었다. 로마에 가 있는 정희숙 이야기며 남편 승해의 근황이며 그밖에도 누구는 어쨌다, 누구는 벌써 세상 떴다 등등 서로 오랜만에 만났으니 연성 새 화제가 끊이지 않았다.

그동안에도 미당은 곁에 가만히 누워 잠이 들어 있어, 미당 며느리와 나는 거침없이 열렬하게 신나게 그간의 묵은 이야기들을 나누었다. 진짜로 무엇 하나 거칠 것이 없었던 것이다.

그렇게 얼추 한 시간이나 지났을까. 창밖 분위기로는 오후가 깊었음을 문득 눈치 챈 나는, 그럼, 이만 가 보겠노라고 자리에서 일어섰다. 비로소 그녀도 그제야 누워 계신 미당 쪽으로 한 번 눈길을 주곤, 조용히 말했다. "주무시니까 그냥 나가시죠 뭐" 하고.

나는 그럴 요량으로 가만가만 조심스럽게 발걸음을 떼며 어쩜 이게 마지막이겠구나, 생각하며 누워계신 미당 쪽을 쳐다보았다. 그리고 다음 순간 나는 소스라치게 놀랐다. 미당의 한 팔이 겅중 하늘로 떠오르더니 내 쪽으로 다가오는 것이 아닌가. 물론 말 한마디 없이…….

그렇게 이승에서의 마지막 악수를 하자는 것일 터이었다. 당신의 그 뜻은 선렬할 정도로 뚜렷하게 감지되었다. 나는 공손하게 그 한 손을 두 손으로 싸안듯이 받아 모셨다. 그렇게 아직은 온기가 따뜻이 감도는 그 손을 음미하듯이 나는 한참이나 놓지 않았다.

그러면서 나는 생각하였다.

'아아, 이이는 끝까지 이러시구나. 정신만은 끝까지 스스로 장악하시고 있구나. 이렇게 우리 이야기를 한마디도 놓치지 않고 죄다 듣고 있었구나. 잠이 든 체하고 있었지만 정신만은 말짱하셨구나.'

그 이틀 뒤에 미당은 이승을 떠나셨다.

「나상」, 그리고 이일과 서기원

1950년대 중반, 돌체시절 내가 가장 많이 어울렸던 이 중에 하나는 시인 이일이다. 1958년인가, 그이가 프랑스로 유학을 떠나던 때 나는 난생 처음으로 공항으로 배웅을 나갔었는데, 그때는 김포공항도 아니고 여의도공항이었다. 그냥 맨 지상에서 비행기 트랩에 오르는 사람에게 손을 흔들어 작별을 했던 세월이었으니까.

그 뒤로도 나는 1990년에 들어서야 처음으로 외국을 나가기 시작했으니, 그때까지 40년 동안은 공항이 김포로 옮겼는지, 영종도로 옮겼는지조차 애당초에 관심이 없었던 것이다.

그러고 보면 여기서 이름을 적으면 대강 다아 알 만한 후배 소설가 하나는 신혼여행으로 신랑 신부 둘 다 비행기라는 것을 처음 탔었는데, 내릴 때는 좌석 벨트를 풀 줄 몰라서 쩔쩔매다가 손님들이 죄다 내린 뒤에야 승무원이 와서 풀어주어 내렸었다고 한다. 불과 50년 정도 되는 동안에 이런 쪽으로도 우리 세상은 엄청 변해온 것이 틀림없다.

그건 그렇고 내가 서기원을 처음 만난 것도 돌체다방이었다.

나의 두 번째 추천 작품, 「나상」이 활자화되어 나온 것이 1956년 1월호였다. 그때 나는 "질서에의 반항"이라고 제법 거창한 제목의 치기만만한 당선소감까지 발표하게 되는데, 같은 호에 박희진 시인도 조지훈에 의해 추천되어 이를테면 우리 둘은 그 잡지 추천제의 첫 회 동기생이었다.

그 박희진에 의해 서기원을 돌체에서 첫 소개 받았다.

그 자리에는 이일도 같이 있었는데, 그 둘은 같은 경복중학 선후배 간으로, 서기원이 1년 위여서 서로 잘 아는 사이였다.

그렇게 처음 만난 서기원은 첫인상부터 매우 세련되어 보였다. 손이 예뻤고, 말솜씨며 담배를 꺼내 피우는 태도며 단아하였다.

그간에 박희진에게서 수없이 들었던 터이지만, 실제로 처음 만난 서기원은 범汎 사람살이에서도 오로지 문학 하나에만 외곬으로 매달리는 빙충맞은 구석이 추호도 없었다. 전혀 궁상맞지가 않고 한 마디, 한 마디 말하는 것도 분명하고, 첫인상부터 아주 현실적이었다.

그렇게 이일이 나보다 한 살 위였고, 그 이일보다 서기원이 또 한 살 위로, 더구나 같은 학교의 선후배 간이어서, 처음부터 그들 둘 사이는 조금 데면데면해 보이고, 이런 경우의 서기원은 처음부터 상대를 억누르는 분위기 같은 것이 있었고, 이일도 그냥 호락호락하지만은 않아 스스로 알아서 피하는 듯한 기색이 보였다.

나도 나대로 그 점일랑 날렵하게 간취가 되던 것이었다. 실제로 사람 사이에서 이런 대목은 엄청 묘해서, 서로 간에 겉으로 드러내지는 않지만 실은 절대적으로 작용을 하기도 한다. 특히 서기원과 이일이라는 사람의 근본 생김생김부터가 이 점은 피차간에 유난했을 정도로 자존심들이 강했다.

우리는 그렇게 처음 만난 날부터 그때 서기원의 직장이 있던 명동 초입 맞은편의 그의 단골 중국집에서 초저녁부터 독한 배갈로 퍼마시기 시작했다. 물론 그러그러한 사정으로 이일은 처음부터 스스로 빠지고, 그 대신에 서기원과 이종사촌 간이고, 박희진과는 보성중학 동창이던 성찬경까지 불러내어 술자리는 더 더 흐드러졌었다.

그때의 일로 지금까지도 기억나는 것은, 서기원이 나를 가리켜 일본말로 "감勘이 예리하다"라고 치하하듯이 말하자, 박희진도 "그래 그래, 맞어! 맞어!!" 하고 맞장구를 치던 일이었다. 그걸 우리말로 바꾼다면 '직감력', '직관력', '명석明晳한 감각'이 될까.

또 한 가지는 나의 두 번째 추천 받은 데뷔작인 「나상」을 두고도, 그 작품의 특색을 "스타일이다", "아니다 포옴이다", "맞어, 맞어, 포옴이다" 하고 저희끼리 떠들어대기도 하였는데, 그게 대체 무슨 소리들인지, 지금까지도 나는 알 듯 모를 듯 애매한 상태로 있다. 60년 전의 일이지만 그 점을 두고는 지금이라도 그 본인들에게 물어보고도 싶지만, 이미 그 셋 모두가 죄다 세상 떠나 있다.

아무튼 50년대 중엽 서로 20대의 중반으로 처음 만났을 때, 서기원과 박희진과 성찬경은 소설가로서의 나의 '뛰어난 감각' 같은 것을 그런 식으로 치하해 주었는데, 아닌 게 아니라 그로부터 60년이 지난 지금에 와서 돌아보아도 나의, 내 문학의 가장 기본 특색은 그 점이 아니었는가 하는 것을 스스로도 대견하게 느껴지기도 한다.

벌써 20년 정도 지났지만 내 연작 소설 『남녘사람 북녁사람』이 처음 출간되었을 때 그 해설을 썼던 정호웅 교수도 "근본을 파괴함으로써 새로운 질서를 창조하려는 급속한 변혁의 물결이 휘몰아치던 해방 직후 북한 사회의 본질을, '감각적 느낌'으로 명료하게 드러내었다. 작가의 초기 단편들과 문학사적 문제작인 「소시민」 등에서 휘황하게 빛을 발했던 그 '감각적 느낌'의 힘을 다시 확인하는 감동은 크다"라고 하면서, "본래의 사람살이를 문제 삼는 것이기에 그것은 남과 북의 체제에 대한 진단, 선호나 선택과 같은 이념적·정치적 차원을 훨씬 넘어서는 근본적인 차원에 속한다. 이호철 문학은 남과 북, 또는 자본주의와 공산주의라는 이분법적 잣대로써 잴 수 없는 높은 곳에서 경색된 우리의 사고를 충격해 일깨우고 앞서 이끈다"라고 하고 있다.

바로 나의 이 점을, 60년 전 그때 첫 대면했을 때부터 그들 셋은 이미 날카롭게 간파해냈던 것이 아니었을까.

실제로 기왕에 말이 나왔으니 다시 강조하고 싶거니와, 문학·예술은 본래적으로 세계를 '분석', '탐구'하는 것이 아니다. 그렇게 분석, 탐구하고 있는 동안에도 이미 세계는 다른 차원으로 저만큼 달아나 버리고 있는 것이 예사이다.

그리하여 누군가는 말하고 있다.

"진정한 진보를 가로막고 있는 최대의 폐해는, 지식의 부족이 아니라 지식의 착각이다"라고. 이 말은 오늘의 우리로서도 거듭 꽁꽁 씹어 보아야 하지 않겠는지.

그리하여 1980년대에 미국의 폴 오스터라는 작가는 다음과 같이 토로하기도 하였었다.

"15년쯤 전에 프랑스 시인 에드몽 자베스와 세계를 뒤집어엎는 문학에 관해 이야기를 나눈 일이 있었다. 그는 '모든 문학의 목적은 고정관념을 깨부수고, 사고 방법을 바꾸고, 인간을 통째로 뒤흔들어 놓는 데 있다'라고 말했다. 그리하여 오로지 가능한 것은 문장의 명석성明晳性이라고 단언했다. '그 누구도 써낼 수 없는 명석한 문장으로 우리에게 비상한 쇼크와 충격을 주었던 카프카가 그 좋은 예이다'라고. '쓴다'는 일에 대한 의견 가운데에서는, '이 몇 마디가 가장 슬기롭고 진짜라고 믿고 있다'라며 그는 다시 다음과 같이 강조한다.
'명석하다는 것은 간단하다는 것이 아니다. 대단히 난해한 책도 가치가 있다. 복잡하고 난해한 문장이 명석할 때는 이해하는 데 시간이 걸릴 뿐이다. 하지만 읽는 것부터 고통스러운 책은 읽을 가치가 없다. 절대로 안 좋은 것은 읽어도 읽어도 지루한 것, 독자는 책뚜껑을 닫고 두 번 다시는 그 작가 것은 안 읽는다. 가장 큰 적은 지루함이다.'"

폴 오스터는 자신의 소설 쓰기에 대해서도 다음과 같이 말한다.

"내가 쓰는 책 속에는 내가 알고 있는 혹은 내가 경험한 세상살이를 표현하려고 한다. 실제로 주위를 찬찬히 곰곰이 관찰해 보면, 현실이란 노상 예기치 않던 일이 일어나는 걸 알게 된다. 그런 일들이 너무나 다반사로 많이 일어나기 때문에, 그 '관계망'의 의미도 알 수 없을 뿐더러, 전혀 예상하지 않았던 방향으로 상호 충돌

이 일어나는 건 지극히 자연스러운 일이다. 이 세상은 반드시 합리적인 장소만은 아니고, 질서 정연하게 움직이는 것도 아니다. 인간은 그 점을 평소에 느끼고 있지 않으면 안 된다."

다시 그이는 끝으로 말한다.

"인간의 역사는 항시 여러 문화가 뒤섞여 온 역사이다. 침략이나 이민도 노상 그런 식으로 있어 왔다. 만일 프랑스가 영국을 침략하지 않았더라면, 지금의 영어는 존재할 수 없었다. 모든 문화에 대한 공손한 마음, 관용이 필요하다. 다른 문화로부터 영향을 받지 않은 문화가 있다면, 비쩍 말라비틀어져 끝내는 사라져 갔을 것이다."

오늘 우리네 작단의 젊은이 일각에서도 부분적으로 '다툼' 비슷한 것이 있는 것 같은데, 무슨 허깨비 놀음들인가 싶어지기도 한다. 어느 누가 '옳고 그르고'는 처음부터 없는 것이다. 그 기준 자체부터가 낡은 굴레이다.

일찍이 데카르트도 어느 사신私信에서 토로했다던가.

"누구건, 어느 한 가지만을 깊이 잘 알게 되면, 그 한 가지 맥락의 이야기밖에는 할 줄 모르게 된다"라고.

이 글을 두드리던 중에, 마침 모모 방송국에서 전화가 걸려오며, 독서를 권장하는 텔레비전 프로인데, 약 20분 정도 후배작가들 가운데서 어느 누군가의 단편소설 한 편을 추천해 달래서, 마침 한 달여

쯤 전에 러시아의 모스크바 대학에서도 그런 똑같은 요청이 있어 이미 작고한 박완서와 김승옥을 추천했었노라고 했더니, 그럼 생존 작가인 김승옥이 좋겠다고 하여, 나는 「무진기행」을 추천했었다.

그렇게 며칠 뒤에 촬영팀이 내 집에까지 와서 그 작업을 진행하던 중에, 그 작품을 소개하며, 김승옥은 1955년에 작가로 데뷔했던 나보다 아홉 살 아래로, 이 작품도 나보다 10년 정도 뒤에 처음 발표되었었고, 그 뛰어난 감각으로 작단의 주목을 끌었었다고 하자, 질문자는 그 작품이 어떤 내용이며, 어떻게 뛰어났었는지 자세히 설명을 해 달래서, 나는 무척 곤혹스러워졌었다. 어째서 그 작품을 추천하는지, 미리 독자들에게 해설을 해서 독자들을 꼭 읽게 하려는 기획 프로그램이라는 거였다.

그래서 나는 끝내는 짜증까지 내며, '평소의 내 생각부터가 그런 식의 행태는 제대로 된 독서 권장이 못 된다. 그 작품이 왜 좋은지는 읽는 분들이 읽어서 스스로 느끼도록 해야지, 내 쪽에서 미리 해설을 한다고? 그런 짓은 결코 안 된다. 그건 그 작품에 대한 내 느낌을 강제하는 짓다리가 된다' 했었다.

뒤에 그걸 화면으로 보면서 곁의 아내가 한바탕 깔깔 웃어, 왜 웃느냐고 했더니, 화면상의 문자로 "제작진이 야단맞음" 대강 그런 글귀가 올라 있더란다. 이 자리를 빌려, 그 프로의 편집진에게 나로서도 새삼 감사하다는 뜻을 꼭히 전하고 싶다.

첫 작품 「탈향」이 나오기까지

1955년에 첫 추천되면서 활자화되었던 단편소설 처녀작 「탈향」은 사실은 1952년에 피난지 부산에서부터 스물한 살에 쓰기 시작했던 것이다. 그때 처음에는 2백자 원고지로 45장이었었다. 제목도 「어둠 속에서」였다.

이것을 원고지에다 잘 정리해서 〈문학과 예술사〉(이때 부산 시절에는 타블로이드판이었음)로 보내면 추천해 주겠노라고 황순원 선생께서 말씀하셨는데, 그때 나는 공교롭게도 급히 서울로 올라가게 되어 있어 한창 전쟁 중인 환도 전의 서울로 올라와서 불과 45장짜리 그 「어둠 속에서」를 250장으로 늘려서 제목도 장중하게 「암야」로 고쳐 내려 보냈더니 감감 무소식이었다.

당연히 그럴 것이었다. 고작 타블로이드판 8면짜리 신문으로 나오는데 생판 신인의 작품으로 250장이나 되는 분량을 어떻게 한꺼번에 실어준다는 말인가. 그때 나는 그 정도로 작단 관행이나 잡지 사정에도 전혀 기본 상식도 없이 멍청했던 것이었다.

그로부터 1년 남짓이 지나 환도 뒤에 우연히 황 선생과 다시 연락이 닿아, 그 250장짜리 물건은 편집부 이삿짐에 섞여 올라와 있을 것이니, 화신백화점 건너 한청빌딩 옥상의 헛간 비스름한 〈문학과 예술사〉로 가서 그것을 찾아 60장 내외로 고쳐서 자신에게 보내면, 이제 55년 6월호부터 제대로 월간 잡지로 나오게 될 것인즉, 자신이 읽어보고 추천해 주겠노라고 하였다. 그 길로 곧장 나는 지상 전차를 타고 그 한청빌딩이라는 곳을 찾아가 원응서 선생에게서 그 250장짜리 물건을 2년여 만에 찾아, 며칠 사이에 65장 정도로 줄이고 제목도 비로소 「탈향」으로 하였다.

그렇게 문예살롱 다방으로 황 선생을 찾아가 원고를 넘겼다.

그런데 그 뒤로 나는 며칠 동안을 혼자서 안달을 하였다. 첫 문장부터 아주아주 불만이었던 것이다.

그 첫 문장이라는 것은 45장짜리 「어둠 속에서」나, 그 뒤 250장짜리 「암야」나, 당장 다시 65장짜리로 줄인 「탈향」에서나 모두 똑같이 "그 무렵 나와 광석이와 두찬이와 하원이는 부두노동을 하고 있었다."라는 것이었는데, 지난 2년간은 이렇게까지 싫지는 않았었으나, 바로 이 첫 문장이 갑자기 아주아주 매가리가 없고 심히 멋대가리가 없어 보였던 것이다.

'저 첫 문장이 그냥 저대로 추천되어 나가면 안 될 터인데, 안 될 터인데' 하고 혼자서만 안달복달하던 끝에, 어느 날 저녁에는 조금 일찌감치 문예살롱 다방으로 나갔었다.

한데 그날따라 여느 때보다 일찍 나오신 동리께서도 나를 알아보시고는 내 앞자리에 마주 앉으시더니 대뜸, "그 소설 읽었지"라고 하시곤, 잇대어 "꽤나 재미는 있던데, 그 문장의 서술체가 조금 마음에 걸린다. 묘사체로 바꿨으면 싶은데…" 하시는 것이 아닌가.

나는 기겁을 하게 놀랐다. 동리께서도 그 작품을 읽으셨다는 것이 너무너무 황감하고 의외였던 것이다.

하지만 돌아오는 버스 안에서 혼자 곰곰 생각해 보며 어느 정도 짐작은 되었다. 그 무렵의 소설 추천은 거의 동리 혼자서 맡아 하시고 있었던 것이어서, 아직 한 번도 추천을 해 본 일이 없으셨던 황 선생께서는 이만 하면 추천해도 무방하지 않겠느냐는 뜻에서 동리께도 그 소설을 한 번 읽어보게 했을 것이다.

아무튼 그렇게 동리께서도 내 그 소설을 한 번 읽으셨다는 점만으로도 나는 용기백배, 그날 저녁 돌아오는 버스 안에서 문득 지금의 그 첫 문장, 즉 "하룻밤 신세를 진 화차 칸은 이튿날 곧잘 어디론가 없어지곤 했다."라는 것이 떠올랐던 것이었다. 바로 이 순간이 오늘의 「탈향」이라는 작품이 나오게 된 순간이었던 셈이어서, 그때 버스 속에 있던 나는 그 문장이 떠오르던 순간에 버스가 지나가던 자리까지도 오늘에도 선명하게 기억하고 있다. 바로 그 무렵의 수도극장(뒤에 스카라극장으로 바뀌었다가 2015년 지금은 그냥 허름한 낡은 건물임) 앞을 버스는 지나고 있었던 것이다.

1955년 그 무렵에는 서울역 ↔ 혜화동 사이를 운행하는 버스노선이었던 것이다. 이를테면 한쪽 종착역이 서울역이고, 반대쪽 종착역이 혜화동 로터리였던 것이다.

그렇게 혜화동 종점까지 오는 동안에도 나는 버스 속에서 그 첫 문장 구절을 "하룻밤 신세를 진", "하룻밤 신세를 진" 하고 수십 번이나 혼자서 되뇌었다. 왜냐하면 그 문장을 잊어버리게 되면 모든

게 도로아미타불이 된다는 생각에서였다.

그렇게 혜화동 숙소로 돌아오자 그 첫 문장부터 일단 메모를 한 뒤에 저녁밥을 먹고 잉크병과 펜, 그리고 원고용지만 달랑 갖고 2층으로 올라가 새벽 3시까지 단숨에 65장을 다 썼던 것이었고, 그 이상 시원할 수가 없었다. 온몸 속에 꽉 들어찼던 무언가를 일거에 확 쏟아낸 기분이었다.

이렇게 첫 작품「탈향」을 1952년에 부산 피난지에서 시작, 55년 봄에, 통틀어 3년 만에야 서울 혜화동에서 완성을 시켰었다.

혜화동의 그 양옥집은 그 당시 미군 기관이 차출해서 쓰던 집으로 지금까지도 그대로 남아 있다. 그때도 나는 그 기관의 경비원으로 근무하고 있었던 것이었다.

'독한 사람' 조연현

60년대가 열리기 전까지의 우리 문단은 김동리·조연현의 「문예」, 「현대문학」지 독무대였다. 예술원 발족을 둘러싸고 처음으로 문단이 둘로 쪼개지며 김광섭, 이헌구, 모윤숙, 배철 등이 「자유문학」을 창간하지만 힘을 쓰기에는 역부족이었고, 그나마 「문학예술」이 서북 문인 주축으로 나오고는 있었지만, 김동리·조연현의 「현대문학」에 맞선다는 것은 감히 엄두도 못 내고 있던 때였다. 그러나 1957년 선우휘, 이어령이 등단하면서 독야청청 활개치던 「현대문학」 주도의 문단 기류에도 변화의 조짐이 일어난다.

대저 세상 흘러가는 자연스러운 추세가 그러하고, 한 사회가 변화해가는 실제 국면도 그러하거니와 선우휘, 이어령 등도 저들의 등단지면 「문학예술」을 따라 「사상계」 쪽으로 합류하게 될 것은 불문가지. 게다가 그뿐인가. 그때까지 「현대문학」에서 소외당했던 김팔봉, 백철, 안수길에 손우성, 여석기, 김진만, 김붕구 등 대학교수들과 외국문학자들이 대거 「사상계」로 몰려들면서 문단 판도는 순식간에 달라진다. 특히 「사상계」지는 처음부터 유독 조연현만은 아예 사갈시한다. 지금의 내 기억이지만, 조연현이 「사상계」지에 필자로 나왔던 일은 단 한 번도 없지 않았을까.

자고로 문학지 편집인들은 구설수에 휘말리기 마련이지만, 조연현만큼 심하게 남의 입에 오르내렸던 사람도 드물지 않았을까. 그러나 그는 시종 끄떡도 하지 않았다. 끝까지 자기 스타일을 지켜냈고 자기 기준을 지켜나갔다.

사실 이날 이때까지 40여 년의 문단생활에서 나더러 '독한 사람', '독종' 한 사람을 집어내라면 나는 서슴없이 단연코 조연현을 꼽겠다. 비록 체수도 작고 볼품없는 빈상이었으되, 카랑카랑한 그 목소리하며 타고난 위풍이 있었고, 외모부터가 대표적인 모사형이었다. 게다가 다부진 배짱이며 날카로운 평필로도 당대 1급이었다. 그 당시 평단에서 그와 맞겨루어낼 사람이 없을 정도였다. 특히 그의 강의는 30분짜리, 50분짜리, 두 시간짜리, 그때그때의 형편만큼 첫 시작부터 끝마무리까지 꼭지가 완전히 익어 떨어질 정도의 명강의로 유명했다. 나는 한 번도 못 들어보았지만, 들어본 사람마다 혀를 내둘렀다.

그는 그렇게 해방 직후 김동리와 함께 꾸려낸 「청년문협」의 주역으로 좌우 싸움부터 시작된 소위 순수문학 진영을 한가운데서 지켜냈던 사람이기도 하여 본인도 그만한 자부심과 오기를 끝까지 잃지 않았다. 정부 수립 직후 48년부터 「문예」, 「현대문학」으로 이어지는 잡지 편집의 실무와 주역을 맡으며 별별 입방아에까지 오른 것이다. 원로, 중진, 중견, 심지어 햇내기 신인에 이르기까지 그쪽에서 소외당했던 문인들 모두가 예외 없이 그이를 아주아주 사갈시하였다.

그러나 권불십년이라던가, 부처님 말씀대로 세상은 전혀 예기치 않았던 진폭으로 변해가게 마련이었다. 조연현 주도의 문단이라는 것, 48년부터 시작해서 그 절정을 획했던 것은 57년까지였다. 선우휘·이어령 등이 나오고, 「사상계」가 「문학예술」을 흡수, 대학 쪽의 제제다사濟濟多士들과 특히 안병욱·김성한 등이 「사상계」 핵심에 버티면서 신상초·지명관·함석헌·소장학자 신일철이 편집국장으로 들어앉으면서, 비단 문학뿐 아니라 범 문화에 대한 새로운 인식틀, 패러다임이 급부상하면서 조연현의 그것은 일거에 고루하고 시대착오적인 구태로 폭락을 하게 되는 것이다. 그러나 조연현은 끝까지 눈 하나 깜짝하지 않고 그이답게 버틴다. 전혀 기죽지 않고 자기 페이스를 지켜낸다.

1950년대 그 무렵 이형기는, 대학이라곤 문전에도 못 가본 채 문단에 갓 등단한 나나 박재삼이나 김관식과는 달리, 부산 피난 시절 일망정 동국대학을 다녔었고 「현대문학」지가 아니라 그 앞의 「문예」지를 통해 이미 시인으로 등단해 있었다. 그 때문에 그때부터 벌써 문단 패권 쪽으로 남달리 뜻을 품고 있던 조연현 같은 사람에게는 안성맞춤으로 눈에 들었을 것이다.

더구나 조연현이 본시 경남 함안 사람인데 비겨 이형기는 진주 사람, 바로 코 닿는 곳이다. 박재삼도 비슷하게 코 닿는 삼천포라곤 하지만, 박재삼은 이형기에 비하여 나이는 비록 한 동갑이라 하더라도 조연현으로서는 이 두 사람을 놓고는 처음부터 조금 격차를 두지 않았을까. 그렇게 이형기를 서울신문의 정치부 기자로 들여보내지 않았을까. 그리고 박재삼은 자신이 주간으로 있는 「현대문학」의 기자로 그냥 묶어두고, 물론 박재삼은 그런저런 눈치를 훤히 알면서도 제 분수를 차려 그냥 그 자리에 주저앉으며 자족했을 것이고, 이 점으로라면 조연현은 여부없이 정확했다.

사람 사는 이런 쪽의 국면은 너나 할 것 없이 대강 훤히 꿰면서도 어영부영 그냥 그렇게 넘어가기 마련인데, 이런 것을 그대로 못 보고 못 참는 것이 이를테면 김관식이라는 사람이었다. 바로 이 점, 김관식은 타고난 시인이었으며 그다운 독특한 방식까지 지니고 있었다. 조연현의 그런 뒷속을 조목조목 다져서 까발리는 것이 아니라, 전혀 상식 밖의 방법으로 악착같이 물고 늘어져 조연현을 곤혹스럽게 하고 애먹이게 했던 것이다.

김관식은 생긴 것부터 조금 괴팍했다. 중키에, 얼굴은 지나치게 모로 퍼져 있어 마치 늘 눈깔사탕 두 알 정도를 양쪽 어금니로 물고 있는 듯이 두 볼로 불룩했고, 게다가 몸체는 비쩍 말라 걸음걸이도 모로 휘뚝거려 옆에서 보기에도 노상 위태위태해 보였다. 평소 때는 그지없이 얌전하다가도, 상대 여하에 따라서는 아주아주 개차반이 되곤 했다. 가령 나나 박재삼이나 신경림 같은 동료들 사이에서는 늘 정중하고 조용조용하고 경우에 어긋나는 짓을 하지 않았지만, 조연현 같은 사람에게는 안하무인으로 기고만장했고 반말지거리도 서슴지 않았다.

술이 만취해 '문예살롱' 안으로 들어와서는 한가운데 앉아 있는 조연현의 앞자리에 금방 고꾸라지듯이 주저앉으며 조연현이 금방 마시고 난 커피 잔을 한 팔로 쓰윽 걷어내 바닥에 떨어뜨려 깨고는, "야, 조연현, 너 오늘 잘 만났다. 너, 나하고 얘기 좀 하자. 요 생쥐 같은 놈. 우선 나한테 차 한 잔부터 깍듯이 올리렸다, 이놈아!" 하곤 카운터 쪽을 향해 "야, 레이지야. 여기 나한테 조연현이 올리는 커피 한 잔부터 어서 가져온" 하고 소리소리 지르는 식이었다.

그러나 조연현도 조연현대로 눈 하나 깜짝하지는 않았다. 어느 집 강아지가 와서 옹알거리느냐는 식이었다. 그렇게 다방 안은 온통 긴장에 휩싸이지만, 누구 하나 이 일에 간여하려 나서지는 않았다 누가 말린다고 고분고분 들을 김관식이 애당초에 아닌 것이다. 끝내는 박재삼이가 나서서 끌어내곤 했지만, 못 이기는 척 끌려 나가면서도 관식의 악다구니는 그냥 그대로 이어지곤 했다.

조연현은 경남 함안 사람이다. 함안 사람들이 독하다는 것은 나도 훨씬 뒤에야 주워들었거니와, 그러고 보면 내가 아는 함안 사람들로 조연현 말고도 문덕수, 부산여대 학장으로 재직 중인 소설가 이규정, 「월간조선」의 조갑제, 그리고 서울대학교의 안병직 교수 등을 예로 들어보면 나 혼자서도 머리가 끄덕끄덕해진다.

그들 모두가 하나같이 여간내기들이 아닌 독종 대열에 끼어들 만하고, 좋건 나쁘건 조연현의 그 점에 맥락이 가 닿아 보인다. 특히 문단 안으로 이야기를 좁힐 때 앞으로 더 자세한 이야기들이 나올 것이지만, 조연현과 문덕수의 관계도 대표적으로 너무너무 함안 사람들답다. 이건 앞서 한 우스갯소리로 애교 삼아 듣기 바라지만, 진주의 유치장에는 늘 함안 사람이 반 넘어를 차지한다던가.

그렇게 하나같이 독종들이고 싸움꾼들이고 골칫덩어리에 꼴통들이라는 거였다. 그런가!? 나는 언젠가 진주에 강연인가 갔다가 하필이면 함안 사람에게 술자리에서 그 얘기를 처음 들었을 때도 새삼 조연현이라는 사람을 혼자 가만가만 떠올렸었다.

조연현 같은 스타일의 사람이 대체로 그러하지만 그는 사람 사는 '의리' 하나는 끝내주게 지켜냈다. 그 점은 바로 그의 가장 두드러진 미덕일 수가 있었지만, 한편으로 바로 그 점이야말로 한 사람의 공인公人으로서는 치명적인 문제점이기도 하였다. 가령 요즘도 더러 더러 말들을 하지만, 말썽 많던 그 예술원도 끝내 끝까지 자신이 좌지우지, 자기와 가까운 사람들만 쏙쏙 뽑아 회원을 시키면서 박양균 같은 시인까지 무리하게 일찌감치 회원이 되게 한 점 같은 것, 그리고 그런 틈에다가 선우휘도 슬그머니 예술원 회원으로 끼워 넣게 한 것 등은 그대로의 만만치 않은 정치적 기량이었고 모사謀士의 면모였다.

그러나 앞으로 더 이야기가 나올 것이지만, 60년대 말에 김동리와 정면으로 맞붙기까지에 이르며 이겨내는 단호한 면모를 보였던 것 등은 인생사 가도가도 모를 일임을 새삼 실감케 한다. 아무튼 조연현이라는 사람은 끝까지 자신의 페이스를 지켜내다가 간 사람이었고 우리 문단으로서는 거목이었음에 틀림없다.

조연현과 김동리

나 개인으로 말한다면 그런 조연현에게 특별히 피해를 본 일은 없다. 그러나 그이가 나라는 사람을 그닥 달갑지 않게 여기고 있음을 나는 처음부터 나 특유의 낌새로 알고 있었고, 그 점, 그이대로도 나의 이런 생각을 이심전심 이해하고 있을 것도 같았다.

내가 그이에 대한 내 분수를 그 정도로 깊이 챙기고 있었다고나 할까, 그이와 나는 본원적으론 다른 동네 사람이었다. 적어도 내 기준에서는 그랬다.

동리나 미당과는 달리, 조연현은 정치적 인간, 권력 쪽과 맥락이 닿아 있는 인간임을 나는 일찍부터 간파, 차라리 내 쪽에서 그이에게 가까이 다가가기를 꺼려했는지도 모른다. 그이도 일찍부터 나에게 소설 청탁은 했지만(1957년 1월호에 처음으로 내 소설이 「현대문학」에 실린다) 나라는 사람이 그이에게는 별로 쓸모가 없다는 것을 그이대로도 날카롭게 꿰뚫어보고 있었을 것이다. 그런 점에서도 조연현은 드물게 날카로운 사람이었으니까.

물론 동리도 그이가 문단 안에서 살아온 행태로 보아서는 조연현과 한 묶음으로 대표적인 권력지향 쪽의 사람으로 이야기되고 있었고, 동시대의 여느 작가들과 비교한다면 그 점 틀림이 없지만, 나는 동리의 그것은 조연현의 그것과는 근본적으로 다른 것으로 보았지 동류항으로 보지는 않았다. 동리의 그것은 '데몬', 탁월한 예술가들에게서 흔히 보는 '데몬' 쪽으로 보고 있었던 것이다. 말하자면 도스토예프스키의 어느 측면과도 통하는 그런 유형으로.

아닌 게 아니라 그 점을 나는 훨씬 뒤, 60년대 후반의 어느 날 내 눈으로 여실하게 확인을 했었다. 그 무렵 어느 날 나는 우연히 종로 5가 대로변의 한 다방에 들렀다.

「사상계」사와 「현대문학」사가 그 근처에 있어 한때 그 다방은 글쟁이들이 심심치 않게 드나들었었다. 마침 거기에는 동리와 목월, 그리고 곽종원, 황순원 선생 외에도 두어 사람이 더 앉아 있었다. 그때 마악 들어서는 나를 보자 그쪽으로 합석을 하래서 한 구석에 끼어 앉았다. 앉아서 가만히 분위기를 둘러보니, 동리가 무슨 이야기인가를 열나게 하다가 내가 그쪽으로 앉는 바람에 잠깐 중단된 것 같았다.

아니, 어쩌면 동리 이야기를 듣던 분들 쪽에서 동리가 지금 하는 얘기가 듣기 싫고 거북해서, 얼씨구나 하고 나를 그쪽으로 합석시켰는지도 몰랐다. 나 같은 젊은 사람이 같이 합석해 앉으면 동리의 그 얘기도 저절로 잦아들겠거니 하고. 이를테면 그렇게 나를 방패막이로 삼지 않았을까. 그때 나를 기어이 그 자리에 합석시켰던 곽종원 선생의 저의는 분명히 그랬을 것이다.

그러나 동리는 막무가내였다. 젊은 사람인 내가 그 자리에 같이 있대서 말 못할 이유가 없다는 생각인가 보았다. 그렇게 동리가 계속 잇대어서 하는 이야기를 들으며 나는 왕창 놀라고 말았다. 월탄을 문인협회 회장 자리에서 밀어내고 자신이 그 자리에 앉겠다는 것이 아닌가. 동리는 그렇게 월탄에 맞서 출마의지를 지금 밝히고 있는 거였다. 이야기 앞뒤를 연결해서 짐작해 보건대 우선 첫 번째로 조연현에게 상의를 해보았으나 먹혀들 리가 없었던 것 같았다.

자리는 동리의 그 폭탄선언으로 모두 하나같이 꿀 먹은 벙어리로 벌레 씹은 얼굴인데 반해, 동리 혼자서만은 벌겋게 상기된 얼굴로 심상찮은 귀기鬼氣를 내뿜고 있었다. 막말로 그때의 동리는 온전하게 제 정신이 아니었고 무엇엔가 들려 있는 사람의 그것이었다. 나는 그때도 내심으로 대단히 놀라며 동리라는 사람의 그 내부에 끓고 있는 '데몬'의 실체를 보아냈던 것이었다.

그때 그 일은 끝내 문단 안에 천파만파를 일으키며 월탄을 밀어내고 동리가 기어이 '문협'의 새 회장이 되면서 속칭 '서린동 무사들'까지 등장하기에 이른다.

그 면면은 강용준, 하근찬, 박경수, 이문희, 송병수, 정창범, 김상일, 구인환, 정인영 등등으로 동리를 미는 선봉대들이었다. 그렇게 동리가 새 회장이 된 뒤에는 그중의 누가 새 이사로 뽑히는가를 두고 또 한 번 난리법석을 피웠다던가, 어쨌다던가. 바로 그때부터 다시 구舊 문단은 동리 쪽과 조연현 쪽으로 양분되게 되거니와, 그 뒤 조연현은 동리에 대하여 절치부심, 미당을 내세웠다가 실패한 끝에 기어이 스스로 나서 끝내 동리를 거꾸러뜨림으로써 그이대로의 숙원을 풀기에 이르고, 그동안에 문단은 질탕하게 엉망진창이 되며 오

1960대 어느 모임에서 유종호, 전광용, 서기원과 함께. 맨 왼쪽이 필자.

늘에 이른다.

그러나 한편으로 그때 이미 문단은 또 하나의 맥락이 급부상하면서 세 가닥으로 뻗어간다. 이 이야기는 다시 자세하게 펼쳐지게 되겠거니와 선우휘, 이어령에 전광용, 정한숙, 오상원, 유종호, 그밖에도 대학교수 중심의 면면들과 서기원, 박희진, 신동문, 신경림, 나 등 주로 「사상계」 쪽(훨씬 뒤 60년대 후반에는 「창작과 비평」 쪽)과 인연이 닿은 사람들은 이미 그쪽을 시대착오적인 구시대 작태로 보며, 그 실랑이에 아예 휩쓸려들지를 않았다.

다만, 박경수 경우만은 「사상계」사 편집부에 몸담고 있었으면서도 친구 따라 강남 가듯이 그 속에 껴 있었고, 그 정도로 원체 의리 잘 지키는 토종 시골사람이었다. 그 훨씬 뒤, 기어이 조연현이 권토중래로 동리를 이겨내어 새 문협 회장이 된 뒤, 나는 가만가만 혼자서 생각했었다.

“아무렴, 조연현한테는 동리도 끝내 안 될 거야. 그런 싸움은 역시 조연현 쪽이 본판이지. 동리는 어디까지나 ‘데몬’의 그것이었거든” 하고.

뭐가 그리 바쁜지! 이형기와 곽학송

1950년대 무렵 명동 '문예살롱' 다방에는 저녁이면 주로 「현대문학」과 「문학예술」의 필자들인 시인, 소설가들이 죄다 모여들곤 했었다. 이를테면 신인 소설가로는 이범선, 추식, 곽학송, 오유권, 정한숙, 조금 늦게는 최상규, 이문희 등. 그리고 시인으로는 「현대문학」 기자이던 박재삼에 김관식을 비롯, 이형기며 서울대 독문과 출신인 송영택 등이 노상 들락날락했다.

그중에서도 특히 이형기는 박재삼이나 김관식과 같은 나이였지만, 헌칠한 체대며 훤한 얼굴 생김새부터 함부로 대할 수 없게 한 급 높아보였다. 더구나 천상병과 같이 이미 부산 시절의 「문예」지에 추천되었던 시인인데다, 나도 어쩌다가 부산 초창동의 제면소에 직공으로 있으면서 그이의 '고향을 지나며'라던가 하는 시를 읽고 홀딱 반했던 일이 있어서, 혼자 마음속으로 존경까지 하고 있었다.

그렇게 이형기도 저녁이면 반드시 '문예살롱'에 들르곤 했지만, 어쩐지 그이 쪽에서는 박재삼이나 나를 애송이로 취급하는 것처럼 나에게는 비쳤다. 그야 본인으로서는 그랬을 리가 없다고 펄펄 뛰었을 것이지만, 적어도 그때의 나에게는 그렇게 비쳤다.

그 무렵 그 '문예살롱'에서 노상 가장 바빠 보이는 두 사람이 있었는데, 그것이 단편 「독목교」의 작가 곽학송과 바로 이형기였다. 둘 다 노란색 서류봉투를 끼고 바람같이 들어왔다가는 어느새 둘만이 사라지곤 했다. 실제로 두 사람은 단짝으로 친하여, 다방 안에서도 둘이서만 마주앉아 쑥덕거리기 일쑤였다. 그런데 같은 동갑내기인 박재삼을 대하는 태도에는 저들만의 은밀한 그 무엇인가가 감돌며 한 문중의 형님이거나 아저씨 대하듯 하는 분위기가 있었다. 아닌 게 아니라 뒤에야 알았지만 이형기는 진주 출신이었고 박재삼은 삼천포 출신이기는 했다.

그리고 박재삼도 이형기의 그것을 아주 자연스럽게 고분고분 받아들이고 있었다. 그러고 보면, 그 생김에 어울리게 이미 그때부터 이형기는 서울신문사 정치부에 몸담고 있었다. 그러니 응당 동에 번쩍, 서에 번쩍 바쁘게 돌아가는 사람일 것임에는 틀림없었다. 그렇게 이형기는 응당 바쁜 몸이어서 바쁘게 돌아가겠거니 하고 십분 이해가 되는데, 곽학송은 가만히 보아하니 쓸데없이 괜스레 바쁜 사람이었다.

무언지 늘 바쁜 척이라도 해야 성이 차는 그런 사람이었다. 서울역 안에서 철도 관계의 4·6배판짜리 널따란 잡지 하나의 편집을 맡고 있는 모양인데, 하기사 그런 월간 잡지를 매달 꾸려내자니 나름대로 바쁘기야 했겠지만, 이형기가 바쁜 것하고는 근본적으로 다른 구석이 있었다. 이를테면 조금 웃기는 구석이 있었다. 그렇게 자신도 노상 더 바쁜 척이라도 하며 설쳐대야만 이형기와 맞먹는 수준으로 올라설 것이라는 내심의 계산이 깔려 있어 보였다.

하긴 최소한의 자존심이 있는 사람으로서 그런 식으로 계산까지야 했을까마는, 거의 무의식이거나 반半의식 속에서일망정 곽학송이 이형기마냥 노상 바쁜 태를 내며 단둘이 마주앉아 쑥덕거리다가는 함께 바람같이 사라지곤 하던 그 모습에는 무언지 모르게 조금 웃기는 구석이 있었다.

물론 이것은 나만 그런 것이 아니었고, 박재삼도 나와 똑같은 눈길로 그 둘을 보고 있었던 것이다. 그리하여 더러는 박재삼이 두 사람이 금방 나간 쪽을 비시시 웃으며 쳐다보곤 나더러

"막걸리 값은 누가 낼꼬?"

하고 물어서, 금방 내 쪽에서

"그야 뻐언 하지. 곽 형이."

"그렇지? 그렇지? 이 헹도 그렇게 생각허지? 헹펜은 형기 쪽이 몇 배 나을 테지만."

"술값 낼 틈을 곽 형이 내주겠어. 으등부등 곽 형이 가로맡을걸."

"그렇지? 그렇지? 이 헹도 그렇게 생각허지? 어쩜 그렇게 사람들이 죄다 알고 있는공. 그런 건 나만 알고 있는강 했는데."

"어림없는 소리 마. 여기가 어디야? 문학하는 사람 집합소야. 말은 않지만 모두가 죄다 알고 있어. 그런 것에야 달통해 있는 사람들인데."

"그렇지? 그렇지?" 하고 재삼은 둘이 마악 나간 출입문 쪽으로 눈길을 돌리며 뭐가 그렇게 재미나는 것인지 한참을 낄낄대고 웃었다.

나는 그 훨씬 뒤에야 들었지만, 그때 이형기는 문단 실력자 조연

현의 조카사위였다. 비로소 나도 뒤늦게 혼자 머리를 거듭 끄덕였다. 이형기는 그 뒤 1990년대 들어서 뇌졸중으로 쓰러져 투병하다 세상을 떠났다. 곽학송도 홀어머니를 모시고 여러 자식을 떠메고 살다가 말년에는 김포 오두막집에서 외롭고 처참하게 세상을 떠났다. 그러고 보면 사람 산다는 게 모두가 타고난 팔자만큼 살다가 가는 것 같다.

이건 그 한참 뒤 이야기인데, 1990년 후배 평론가 김현의 상가에 들렀다가 나오던 길에 근처 포장마차에서 다시 소주 몇 잔을 나누던 때의 일이었다.

이형기가 소주 두어 잔을 걸치더니 느닷없이 내 단편소설 「닳아지는 살들」 이야기를 꺼내며, 그 소설 속 늙은 아버지의 치매에 걸린 의식 부분의 묘사는 그런 식으로 300~400장만 더 썼더라면 세계 단편소설 역사에서 최고의 작품이 됐을 것이라고, 그 점 참으로 아쉽다고 하질 않는가. 나는 깜짝 놀랐다. 그 자리에는 박재삼도 같이 있었던 기억이 나는데, 나로서는 이형기의 이 칭찬이 두고두고 혼자 곱씹게 되며, 글 쓰는 사람들의 서로의 관계라는 것도 참으로 기기묘묘함을 새삼 느끼게 되던 것이었다.

그 몇 년 뒤 그는 뇌졸중으로 쓰러져 오랫동안 병마와 싸웠다. 그이의 병환 소식을 듣고 예술원상은 그이가 타도록 나름대로 힘을 쏟았던 일로 그나마 스스로 위로를 삼았다.

선우휘와 이어령 등의 출현

1950년대 10년간의 우리네 작단 중요 신인들을 조금 세분해서 살펴보면 다음과 같다.

그 무렵 전반기 출신 소설가로 김성한·손창섭·장용학·오영수·곽학송·추식을 들 수가 있고, 그리고 55년부터 후반기에 걸쳐 전광용·이범선·오유권·김광식·오상원·정한숙·본인·서기원·최일남·한말숙·이문희·최현식·최상규 등을 들 수 있을 것이다.

이보다 앞서 40년대 후반에 나온 작가로 한무숙, 유주현, 손소희, 박연희에다 강신재, 서근배가 있다.

하지만 1957년에 오면 판도가 또 홱 바뀐다. 이 변화는 조금 엉뚱하게도 그 무렵 문단의 주축세력에서는 약간 비켜 있었던 「문학예술」 잡지를 무대로 이루어진다.

소설에서 선우휘·송병수의 등장이 그렇고, 시에서 정한모, 평론에서 유종호·이어령의 출현이 그렇다. 이들 거개가 당시의 문단의 주축 기관지 격이던 김동리·조연현의 「문예」, 「현대문학」 지 출신들이 아니라, 오영진·박남수·원응서 등 서북쪽에서 피난 내려온 분들이 하던 「문학예술」 출신들이라는 사실은 매우 흥미롭다.

이를테면 선우휘, 정한모, 이어령, 이 세 사람이 나온 뒤의 우리 문단은 종래의 김동리, 조연현 중심의 뿌리 깊은 가부장적 분위기에서 일거에 벗어나기 시작하는 것이다.

또 한 가지 간과할 수 없는 사실은, 그렇게 선우휘·정한모·이어령을 문단에 내보낸 뒤에 「문학예술」지는 마치 제 할 몫을 끝냈다는 듯이 폐간이 된다.

이 세 사람이 나온 뒤로, 우리 문단은 서서히 구각舊殼을 벗으며 그 모습이 바뀌어간다. 「문학예술」지가 같은 서북 출신이던 「사상계」로 흡수, 병합되면서 그 잡지의 '문학란'도 활기차게 다양해지고, '동인문학상' 제1회 수상자 김성한에 이어, 선우휘가 「문학예술」지에 응모하여 당선됐던 「불꽃」으로 일약 '동인문학상' 제2회 수상자가 되면서 작단 전체의 분위기가 엄청 바뀌어가는 것이다.

정한모, 이어령 등은 그로부터 30, 40년이 지나서는 "문화부 장관"까지 지낸다. 이 세 사람의 등장은 초장부터 이미 그런 싹을 배태하고 있었던 것이었다.

더구나 선우휘는 군·정·언론계를 굵게 휘젓고, 정한모는 그이 특유의 집요함과 노회성으로 야금야금 대학가에서 자신의 영향력을 넓혀가고, 이어령도 이어령대로 특유의 언변과 순발력까지 갖춘 필력筆力으로 세간을 온통 휘저으며, 그렇게 이 무렵부터 문단은 새 영역으로 진입을 하게 되는 것이다.

선우휘는 그 당시 육군 정훈 대령으로, 이미 6·25 전의 명동 시절부터 벌써 문단 쪽과 폭넓게 접촉하고 있었다.

원체 활달한 성격에 체수도 좋고 훤하게 잘생긴 데다 입심까지 갖추어서, 애당초에 글 동네의 '비리비리 형'이 아니었다. 게다가 기자생활까지 하여 정·관·언론, 어디에다 내놓아도 단단히 한 몫을 해낼 사람이어서, 처음부터 김관식·천상병·박재삼·박봉우 같은 천진스러운 애송이 애교덩어리들과는 근본적으로 다른 당당한 체수와 정열과 언변, 바이털리티를 지니고 있었다.

그렇게 그이는 일찍부터 조병화와 함께 명문이던 경성사범학교 동기로 평북 정주 사람이었다. 그이와 비슷한 연배의 정주 사람들인 정한숙이나 곽학송과는 미처 어울릴 틈이 없었을 정도로, 그는 벌써 활동 범위에 있어서나 타고난 활력에 있어서나 또 당대적 정열에 있어서나 남달리 뛰어나 있었다.

경성사범 입학 때부터 선우휘는 시험 점수에서 이미 수석을 끊었다고 한다. 그러나 그는 일찍부터 문제 학생으로 찍힌다. 학교 공부는 안 하고 오직 독서에만 몰두하였다는 것이다. 그리하여 졸업이 임박해서는 벌써 불령不逞 조선인으로 몰려서 퇴학을 당할 뻔도 하였다.

하지만 당시의 교장 이하 학교 당국은, 그러기에는 그 재주가 아깝다고 근근이 졸업장만은 내주기로 했었다는 것이 아닌가.

하여, 졸업 때는 선우휘가 빠져, 경기도 안성 사람 조병화가 수석을 차지하며 동경고등사범으로 진학할 수가 있었다고 한다(이 이야기는 조병화 씨로부터 내가 직접 들었음).

선우휘는 그렇게 어릴 적부터 벌써 남달리 특출하였고, 우국지념이 강했었다. 결국 선우휘다운 그 '민족애'는 이미 그때부터 첫 싹을

틔우고 있었던 셈이다.

내가 그이를 처음 만났던 것은, 1956년 겨울이었다.

그이는 1955년에 「사상계」에다 「테러리스트」라는 단편소설을 발표했었으니까, 그런저런 연줄로 그 무렵 필동 안쪽에 있던 육본 정훈국의 그이의 퀀셋 사무실로 이철범에 이끌려 나는 처음 찾아갔었다. 그때 선우휘는 30대 중반의 육군 대령으로 군복 차림이었다.

그 무렵 이철범은 「사상계」 사에도 드나들며 평론 비슷한 것을 쓰고 있었던 모양인데, 나는 아직 그의 글은 한 편도 제대로 읽어본 일도 없었다. 하지만 그는 매우 달변이었고, 목소리도 카랑카랑한 테너 음이었다. 그이도 본래는 함경도 혜산진 사람이어서 나름대로의 동향 의식으로 처음부터 나와 가까이 지냈었다. 나보다 한두 살 위였다.

이 무렵의 나는, 말 그대로 부끄럼이나 몹시 타는 순둥이였던 데 비해, 이철범은 매사에 들어 잘 지껄이고 잘 떠들어, 보기에 따라서는 자발머리라곤 없었지만, 본성은 맑고 착한 사람이었다. 그의 본이름도 사실은 '이호철'이었는데, 월남하고 나서 되는 일이라곤 없어 언젠가부터 '철범'으로 이름을 바꾸었노라고도 하였다. 이 소리도 나는 직접 들었었다.

그때 필동의 선우휘 퀀셋 사무실에 찾아갔을 때도 그 선우휘와 막상막하로 떠들어댄 것은, 그 두 사람뿐이었다. 선우휘는 윗도리를 벗은 군복 차림으로 걸걸한 목소리로 활달하게 떠들어대었다.

그때 그 두 사람이 설왕설래로 나누던 이야기 속에서 내가 지금까지 잊지 않고 기억하는 것은, 김동리와 조연현에 대한 험담·악담이었다. 그 두 사람이 잡지 「문예」 지로 문단을 좌지우지, 문단정치에 여념이 없고, 파당을 일삼는다던가, 어쩐다던가.

나는 그때 딱히 할 말도 없었지만, 내심으로는 듣기에 곤혹스러웠다. 조연현은 모르겠지만, 동리·미당은 그때 내가 가장 존경하고 있던 선배였기 때문이었다.

차 한 잔씩 얻어 마시며 그 퀀셋에 두어 시간 정도 있었을까, 그때 선우휘도 선우휘대로 이미 나라는 사람을 첫눈에 나름대로 꿰뚫어 보았을 것이었다.

생기기는 나도 제법 남자답게 허옇게 시원하게 잘생겼는데, 사내 주제에 지나치게 부끄럼이나 타며 쭈뼛거리는 것이, 순하디 순한 백곰 같다고 보지나 않았을까.

나도 나대로, 처음 만난 그이가 썩 마음에 들지는 않았다. 특유의 그 정열과 패기, 활력은 사줄 만하였지만, 그리고 그이의 소설 세계도 남달리 우람한 것은 인정하겠지만, 저런 것은 반半언론성 반半문학이지, 본격 문학은 아니지 않을까 하고 나 나름대로 벌써 혼자 짚어내고 있었던 것이다.

그 뒤로도 선우휘와의 관계는 늘 그 수준을 넘지는 못하였다. 그이는 그이 수준으로 나를 조금 우습게 알고, 나도 나대로 그이는 나하고는 본원적으로 다른 세계의 사람으로 접어 두었다.

그이가 제2회 '동인문학상'을 탔던 「불꽃」이라는 작품도, 그 심사 과정에서 평론가 백철과 소설가 김동리가 찬·반으로 맞붙었던 것으로 나는 기억하고 있는데, 백철이 그 작품을 대단히 평가한 데 비해서 동리는 그 작품에 대해 별로 달가워하지 않고 수상자로 정하는

데도 무척 소극적이었었다.

바로 그 점, 나는 정서적으로 동리 쪽으로 동조하고 있었던 것이다.

이 점은, 뒤에서 언급할, 이효석의 「메밀꽃 필 무렵」과 유진오의 「김 강사와 T 교수」를 비교하는 부분과 정확히 맞먹는 부분이다.

그 두 작가는 그 당시 1930년대에 경성제대帝大의 교수로 서로 가장 친숙한 사이이기도 하였지만, 이효석에게는 오로지 그 작품 한 편이 그 무렵의 혁혁한 명품名品으로 우리네 문학사에 오늘까지도 뚜렷이 남아 있으나, 유진오는 해방 뒤에 우리네 헌법을 만들어내고 국회의장을 혹은 야당 당수까지 역임하였지만, 그 무렵의 그이의 대표작이라던 「김 강사와 T 교수」는 오늘에 와서는 전혀 남아 있지 못하고 있다는 사실로 우리네 문학사적으로도 진면목이 드러난다.

가령 이 점, 유진오라는 작가는 편집자와의 관계에서 다음과 같은 그이의 행태로도 드러난다. 일단 어느 잡지사에 원고를 넘기면, 그 뒤에는 그 해당 잡지사의 편집진에 일임한 채 거들떠보지도 않는다는 것이다. 이 점은 나 같은 사람으로서는 매우매우 기이하고 의아했다.

그러나 그 뒤에 듣자 하니, 주로 신문사 기자 출신 작가들 태반이 그렇다질 않는가.

글쎄, 횡보 염상섭이나 채만식도 살아생전에 신문사 편집에 근무해서 그런 버릇이 몸에 배어 있었던지 어떤지는 알 길이 없지만, 내 경우는 특히 소설인 경우에는 첫 교정쇄가 나왔다고 알려오면 득달같이 달려가서 반드시 교정을 보아야만 마음이 놓이곤 했었다.

그러기에 원고를 넘기면, 거의 매일같이 해당 편집부에 전화를 걸어 언제쯤 첫 교정쇄가 나오느냐고 들들 볶아대기가 예사였다.

이 점에 들어서는 황순원 선생이 철저했던 것으로 작단에 소문이나 있었다. 초교, 재교, 오케이교까지 반드시 본인이 챙겨서 꼼꼼히 보시는 것으로 널리 알려져 있었던 것이다.

하긴, 신문사 편집부라는 곳은 원체 분초를 다투는 곳이어서 일반 관례로도 그렇기는 했을 것이다. 마감 시간에 맞춰 기사를 넘기고 나면, 그 다음은 완전히 자기 몸에서 떠나버린다. 스스로 교정쇄를 찾아 손을 본다는 것은 아주아주 특별한 경우에만 한했을 것이다. 하지만 일반 기사와 달리, 논설이 되면 벌써 이야기는 조금 달라진다.

예를 들어 천관우 같은 사람은 자신이 쓴 논설 하나도 소설가들 이상으로 꼼꼼하게 챙겨서 사전 교정을 보았던 것으로 나는 알고 있다.

아무튼 신문사의 그러저러한 작업상의 특색으로 하여, 대개 신문사 출신 작가들이 자기 원고의 교정에 소홀했다는 풍문도 더러는 돌았을 것이고, 충분히 그럴 만도 했겠다고 이해도 되지만, 바로 그 점이 선우휘 소설의 특색으로 나 같은 사람에게는 보이기도 했던 것이다.

그이 소설의 이야기 전체가 촌스럽거나 쪼잔하지 않게 규모가 크고 내용도 다분히 시의時宜성을 지니며 우람하기는 하였지만, 동리나 나 같은 사람이 보기에는 소설 미학의 본령에서는 한발 비켜서 있는 약간 저질의 것으로도 비쳤던 것이다.

하긴 이 점으로 말한다면, 「알렉산드리아」라는 제목의 중편소설로 요란하게 첫선을 보였던 이병주라는 소설가도 내 눈에는 그런 쪽으로 보였었다. 그렇게 그 두 분 다 나보다는 열 살 정도 많았고 공통적으로 신문사 편집국장 자리에도 있었던 거였다.

다시 한편으로 생각한다면, 그이들과 나와의 이런 차이는 비단 문학에 임하는 근본 차이라는 단순한 차이도 넘어서, 인간 됨됨이에서부터 근본적으로 달랐다는 데에 더 이유가 있지 않았을까.

1974년 내가 소위 '문인간첩단' 사건으로 간첩 혐의까지 뒤집어쓰며 서대문감옥에 갇혔을 때, 내 구명운동을 위해 동료 문인 하나가 선우휘 그이를 찾아갔을 때도, 그이는 진정서 서명에 흔쾌히 응해주긴 하면서도, "흥, 기껏, 이호철을 간첩으로 쓸 정도면, 북한이라는 데도 볼 장 다아 보았구먼" 하고 구시렁거리더라고 나도 뒤에 전해 들었는데, 그때도 나는 나 말고는 도저히 알아낼 수 없던 그이와 나와의 거리감 같은 것을 혼자서만 곱씹었었으며, 그이가 나라는 사람을 평소에 얼마나 하찮게 시원치 않게 보고 있었느냐 하는 점을 나대로도 절감했었으며, 그러나 추호도 섭섭하지는 않았었다.

그러나 그런 그이도 1970년대 말인가, '동인문학상' 운영 문제로 동리도 같이 인사동 초입의 어느 술집에서 오랜만에 만났을 때는 초췌한 얼굴로 첫눈에도 꽤나 심약해져 있었고, 불초 나에게도 여느 때는 볼 수 없었던 선망羨望의 빛 같은 것이 슬쩍 번뜩이던 것이었다.

그렇게 그이도 말기에 접어들면서는 한창때의 오기에서도 벗어나 차분하게 가라앉은 달관의 경지를 흘낏 내보이며, 사람이 한평생 사는 데 있어 어떤 사람이 잘났다, 못났다, 강하다, 약하다 하는 평가부터가 제각기 처한 그때그때 형편만큼의 기준에 따른 것임을 절감하고 있는 얼굴이었다. 그렇게 그 얼마 뒤에 세상을 떠나던 거였다.

어쨌거나 끝머리에 이르면 육신이 건강하고 볼 일인 것이다.

그리고 바로 이 점으로라면, 나는 일찍부터 어느 정도는 달관해 있었다는 주제넘은 생각도 없지는 않았다.

그건 동리가 나에 대해서 다음과 같이 몇 번씩 언급하더라는 손춘익의 말이 담보해 주고 있기도 한다.

"이호철, 그 사람, 내가 보기에 꽤나 용한 사람이다, 드물게 요옹한 사람이야!"

요컨대 구경적으로는 이 세상에 잘난 사람, 못난 사람이 따로 없는 것이다. 만사는, 그리고 사람도 어차피 세월 따라 변해 가기 마련인 것이다.

그러나 그럼에도 불구하고, 선우휘는 역시 남달리 스타일이 큰 사람이었다. 그건 틀림없었다.

김동리와 이어령의 논쟁

1950년대 중엽에 이르면 그렇게 김동리, 조연현 등 「현대문학」 잡지 중심의 세력이 "문예살롱", "대성다방", 그리고 명동 동회장의 부인이 하던 "갈채다방" 등으로 명동 안을 돌며 특유의 가부장적 아성牙城을 지켜 가다가, 드디어 1959년에 이르면 경향신문 지면을 통해 김동리·이어령이 정면으로 맞붙어 크게 논쟁이 벌어지기에 이른다.

서너 번에 걸쳐 진행된 이 논쟁은 실존주의를 둘러싼 논쟁으로 알려지고도 있는데, 당시의 문단뿐만 아니라 우리네 지식인 사회 전체의 이목을 집중시키는 그야말로 일대 파란이었다.

그 무렵의 일로 잊히지 않는 인상적인 정경 하나를 이 자리서 털어놓자면, 어느 날 이른 저녁, 몇몇이 둘러앉은 다방에서 최정희 여사가 약간 공포에 질린 듯이 다음과 같이 소곤거리던 일이다.

"김 선생(동리)이 괜스레 정면으로 상대해 주어서 본인도 체통이 깎이었지만, 햇내기 젊은 아이만 일약 유명하게 키워 주었어요."

라고 투덜거렸는데, 그러면서도 그 얼굴에 약여하게 떠올라 있던 것은, 저들 세대를 쳐부수며 올라오고 있는 새 세대에 대한 강한 경계심과 공포감 같은 거였다.

그때도 나는, 그 자리에서 묘한 당혹감까지 느껴야 했다. 논쟁 내용의 시시비비, 다시 말해서 어느 쪽이 옳으냐 그르냐 하는 문제는 차치해 두고, 당시 작단 내 기성세대의 반응은, 자신들의 안전지대가 위협 받는다는 쪽의 위기의식부터 앞서 있었던 것이다.

하지만 모든 것은 세월이었다. 그 뒤의 변모해간 세태와 그에 따른 문단의 급격한 변화는 김동리와 이어령의 그러한 논쟁도 역사 속으로 파묻으면서 김동리는 김동리대로 우리 문단에서 중요한 몫을 감당해내고, 이어령도 이어령대로 문화부 장관까지 거치며 각자의 길을 걸어갔던 것이다.

그렇게 자연스럽게 두 사람 간의 관계도 언제 그런 일이 있었더냐 싶게 피차에 오순도순 본래의 제자리로 돌아오게 되었던 것이다. 세상 흘러가는 진면목도 바로 이런 것인가 싶었다.

이어령과 비슷한 시기에 「문학예술」지를 통해 시인으로 등단했던 정한모는 문학 활동 자체에서는 특기할 만한 것이 없으나 대학 교수 자리에 있으면서, 2016년 오늘에 와서 보는 바와 같은 대학의 인맥이 문단에 영향력을 발휘하게 되는 그 첫 효시를 끊은 인물이 바로 정한모라는 사람이 아니었을까.

백철·전광용·송욱 등도 대표적인 대학교수 겸직 문학인들이었으나, 그이들은 그런 쪽의 노회한 능력과는 거리가 멀었던 데 반해, 정한모는 타고난 '인간 경력' 능력이 있어, 서서히 보이게 보이지 않게 자신이 중심이 된 대학가의 인맥을 형성, 오늘 일부에서 우려되며 거론되기도 하는 것과 같은 "대학과 문단 내의 상관성에 따른 세력 형성 관행" 같은 것을 주도하며 이끌었다.

정한모는 그렇게 나름대로의 문단 안의 정치적 능력과 그런 쪽의 성향이 다분히 있어, 끝내 문예진흥원장, 문화부 장관까지 지내기에 이르는 것이다.

대학과 문단의 이런 종류의 상관관계도, 어느 누구래도 오늘에 와서는 한 번쯤 본격적으로 거론해 보아야 하지 않을까 싶거니와, 그런 점에서는, 대학이라는 곳에는 문 앞에도 못 가본 나 같은 사람은 적격이 못 될 것이다.

그러나 문단 주도권을 둘러싼 그러저러한 다툼이나, 대학, 더 나아가 문단에다 자기네 파당을 늘리면서, 그런 듯 안 그런 듯 권력 지향 쪽으로 나서는 그런 쪽의 '꾼'들과는 애당초에 "나 몰라라" 하고 상관을 않는 무풍지대의 순진한 문인들이 훨씬 많은 숫자를 차지하고 있었다.

이를테면 나 같은 사람도 그런 쪽이었는데, 4·19 직후 한때 시인 김관식이 출마를 하여 눈길을 끌었던 것도 그이다운 귀여운 치기였고, 그런 쪽의 문학청년다운 행태였던 것으로 생각된다.

나 같은 사람이 1970년대에 들어서서 "재야민주화운동"에 동참했던 것은 어디까지나 나로서는 '실천적인 문학'의 범주였거니와, 그때도 만일 김관식이 죽지 않고 살아 있었더라면 나 같은 사람을 젖혀 놓고 열혈적으로 제1선에 투신하지 않았을까.

어쨌거나 1950년대에서 60년대로 넘어오는 마지막 연도인 1959년 1월부터 3월에 걸쳐 경향신문 지상에서 벌어졌던 김동리와 이어령의 논쟁은 지금에 와서 돌아보면, 그야말로 한 시대를 구획 짓는 상징적인 큰 사건이었다고 할 만하다.

그 시초는, 당시 자타가 공인하는 우리나라의 대표적인 문인이던 김동리가 서울신문 1월 9일자에 "새해 문학의 전망"을 언급하면서, 일부 불건전한 비평 태도에 일침을 가한 데서 비롯되었었다.

김동리는 그 글 속에서 지난해(1958년)의 문단 수확을 소설 약 250편, 시 450편, 희곡 15편, 평론이 300편이요, 여기에 동원된 문학인 숫자는 약 200명이라고 하였고, 이러한 풍작은 지난 4, 5년간 계속되고 있지만, 더구나 놀라운 점은 지난 4, 5년간에 등장한 신인이 약 70, 80명(시, 소설)이나 되는데, 그들 대부분이 진지하고 견실하다고 치하한 끝에, 다만 평론 쪽의 질적 수준에 문제가 있다고 한마디 질책을 했던 점이었다.

이에 대해 1959년 1월 23일자 조선일보에 김우종이 "김동리 씨 발언에 대하여"라는 부제가 달린 글을 발표, 동리께서 '소설계'·'소설공원' 같은 중간소설을 지향하는 월간지들이 활기를 띠고 간행되고 있는 현상에 대해, 통속소설의 독자를 본격소설 독자로 이끌어 올리는 매개 역할을 할 수 있으리라고 기대를 건 점을 집어내어, "아니다. 바로 그 점은 작가들을 타락시킬 소지를 더 안고 있다"
라고 하면서, "어떤 작품을 '실존문학'이라고도 하고, '극한의식'이라고도 하고, 이어령 씨가 정확히 지적한 것처럼 우리말도 잘 모르는 문장을 지성적이라고 하신 최근 얼마 동안의 그분을…"이라고 반기를 들고 나섰던 것이다.

그 뒤, 2월 9일자와 10일자 경향신문에 이어령이 등장, "김동리

씨에게 묻는다"라는 글로 정면 도전장을 내민다. 그 글의 요점은,

첫째, 오상원의 소설 문장이 과연 지성적인가?

둘째, 한말숙의 소설 「신화의 단애」가 실존주의인가?

셋째, 추식의 소설 「인간제대」를 극한의식으로 볼 수가 있는가?

하고, 이상 세 가지 질문에 대해 회답할 것을 요구해 나선다.

그러자 그 열흘쯤 뒤인 18, 19일자의 같은 지면으로 동리께서 대답해 가로되, 자신은 오상원의 '작품'이 아니라, '작풍作風'이 지성적 범주 쪽이라고 했다면서, "생경한 문장으로 친다면 이어령 당신은 어떤가" 하고 이어령의 「사반나의 풍경」과 「녹색우화집」에서 생경한 문장을 끄집어내어 장황하게 열거한다. 한말숙과 추식의 소설들에 대해서도 동리 나름의 입장을 밝히기는 하지만, 논쟁은 차츰 서로가 상대의 아픈 구석을 찝어내는 지엽말절 쪽으로 뻗어간다.

그러자 25, 26, 27일자로 사흘에 걸쳐, 이어령이 "다시 김동리 씨에게"라는 부제가 달린 글을 발표,

"오상원 소설 문장이 과연 지성적인가, 분명히 대답하라"고 내밀면서, "학생 시절에 발표했던 나의 소설, 「사반나의 풍경」에서 생경한 문장을 골라내어 운운하는 것은 치사하다"라고 나온다. 또한,

"한말숙의 「신화의 단애」가 실존주의인가. 여러 소리 말고 분명히 대답하라"고 채근한다.

그러자 3월 5, 6일자로 김동리께서 다시 등장, 자신은 오상원의 작풍作風을 두고 대강 '지성적'이라고 했을 뿐이라면서, 그것이 뒤에 심사 과정에서 '문장'으로 논의가 되어서 "나로서는 역시 문장에도 지성적임을 승인은 하였노라"고 조금 수그러들었다.

동리로서도 이 점은 어쩔 수 없었을 것이다. 그 당시 오상원의 소설 문장을 두고서는 문단 일부 젊은 사람들 사이에서도 말들이 많았기 때문이었다. 특히 박재삼 같은 시인은 술자리 같은 데서 오상원에게 직접 항의까지 하는 것을 나는 옆에서 보기도 했던 것이었다.

그 뒤에도 한두 번 더, 두 분 간에 오락가락하면서 차츰 논쟁은 김이 빠져갔는데, 하이데거·까뮈 등 프랑스 대가들의 이름까지 거명되면서 '실존성'이라는 철학적 단어가 있느니, 없느니 다툼이 이어가자, 그 무렵 삼선교에서 나와 같이 한방에서 하숙을 했다가, 그 뒤 고려대 영문학 교수도 역임했던 몇 년 전에 작고한 정종화 씨가 동리의 부탁을 받고 당시의 서울대 조가경 철학교수에게 '실존성'의 독일어 원어를 알려다 주어, 동리께서 그걸 써 먹기도 하여, 이어령은 그 정종화에게까지 툴툴거리며 불만을 토하는 소리도 나는 직접 듣기도 했던 것이었다. 이런 유類의 약간 웃기는 구석도 없지는 않았었다.

그 무렵에 나는 삼선교에 하숙을 하고 있었고, 이어령은 성북고등학교 교사로 있다가 마악 경기고등학교로 옮아 있어, 더러는 저녁에 산책길에 들렀다가 이어령의 그런 푸념 소리도 직접 들었었다.

아무튼 그로부터 60년 가까이 지난 2016년, 이 시점에 와서 그 옛날의 그 논쟁 글들을 읽어보면 누가 옳고 그르고 하는 것을 떠나, 동리는 동리대로 이해가 되고, 이어령도 이어령대로 논지가 분명하였다.

그때 나는 오상원과도 많이 어울렸었는데, 3회 '동인문학상'을 수상하며 한창 기고만장했던 그는, 자기 소설 문장을 두고 그렇게 격렬한 논쟁이 벌어지고 있음에도 그런 건 별로 읽지도 않았고 그냥저냥 술타령일 뿐이었다.

그야, 어디 오상원뿐이겠는가. 그 무렵의 태반의 문학인들도 사실은 강 건너 불 보듯 하며 괜스레 신나하며 수군대곤 하였지만, 전체 지식인 세계는 나름대로 관심을 갖고 그 귀추를 지켜보기는 했던 것이었다.

논쟁이라는 것이 사그리 꼬리를 감추고, 서로 눈치껏 좋게 좋게만 지내는 작금의 우리네 평단과 비교해 보면, 차라리 그때가 슬그머니 그리워지기도 하고, "언론에서 우리네 문학을 그만한 무게로 대접했던 때도 있었던가" 하고 조금 의아해지기도 한다.

어쨌거나 1959년의 그 논쟁을 구획점으로 하여, 우리네 문단은 새 1960년대로 진입을 했었다.

통영의 문화소양과 오브리제 오브리쥬

1950년대의 우리 문단을 생각할 때 또 한 가지 짚고 넘어가야 할 것이 있다.

나도 1950년대 중엽에 돌체다방에서 낮을 익히고 몇 번 만나 보았지만 그에 대한 내력을 2000년대 들어선 최근에야 풍문으로 들어 알고 내심 놀랐었다. 바로 시인 평계平溪 이정호가 그렇다. 지금 살아 있으면 80도 훨씬 넘었을 것인데, 갸름한 얼굴에 귀공자풍으로 생긴 사람이었다. 조금 활달했던 사람으로 돌체다방에 마주 앉아 나름대로의 시론 같은 것을 도도하게 펴던 모습이 기억에 남았을 뿐, 어떤 시 작품이 그의 대표작인지는 알 길이 없다.

그럼에도 불구하고 1950년대 문단 이면사를 거론하는 이 자리에서 느닷없이 이정호라는 시인 이야기를 꺼내는 것은, 그이의 선친(2대 국회의원도 지낸 이시목)이 일제하 식민지 때를 살아냈던 자취가 만만치 않게 크고 우람했었다는 점을 음미해보기 위해서다.

이정호의 선친은 경남 의령의 몇 만 석 대지주였다고 하는데, 그이는 일찍이 의령 고을에 태어났던 수재들인 이극로와 안호상을

1930년대에 독일 베를린으로 유학을 보냈다. 신성모도 영국 상선商船 학교로 유학을 보냈었다고 한다.

아시다시피 이극로는 해방 뒤 일찌감치 월북한 한글학자이고, 안호상은 우리 철학계의 거목으로 초대 문교부장관을 역임했다. 신성모도 참모총장에 국방부장관까지 역임했던 사람이다.

바로 이 점에서, 이정호의 선친은 일제 암흑기에 자기 고을의 싹수 있는 재목을 그렇게도 날카롭게 보아냈었다는 형안炯眼이 돋보인다. 당시 우리나라에는 곳곳에 몇 만 석에 달하는 거부가 한두 사람이 아니게 많았으되, 그 재물을 이 이상으로 효험 있게 쓴 사람이 없었다는 점이 신통하게 여겨지는 것이다.

초대 수도청장을 지냈던 장택상도 그런 거부의 친자식이었다는 것은 세상이 다 아는 사실이거니와, 이정호의 선친은 자신의 친자식이 아니라 자기 고을 안에서 그 싹을 족집게로 집어내듯이 골라 거금을 흔쾌히 투척했던 것이다. 이 점은 훨씬 세월이 지난 현금에 와서도 우리 후대들이 차근차근 챙겨보아야 할 것이 아닌가 싶다.

해방 직후의 우리 문화계 움직임으로 또 한 가지 돋보이는 사실이 있다. 보기에 따라서는 별 것이 아닐 수도 있는 '통영문화협회'라는 모임이 그것이다. 그 모임의 주요 면면들을 반세기가 지난 시점에 와서 돌아보면 역시 만만치 않게 곱씹어볼 만하다.

모임에는 시인 김춘수와 미술가 전혁림, 그리고 음악인 윤이상이 들어 있었고, 그이들보다 조금 연상인 청마 유치환과 초정 김상옥도 이따금씩일망정 얼굴을 내밀었다고 한다.

그 모임이 어떻게 생겨나서 언제까지 이어졌는지는 모르지만, 면면으로 본다면 시인 김춘수와 미술가 전혁림, 그리고 멀리 독일에서 고향을 그리워만 하다가 끝끝내 이국땅에서 이승을 마감한 윤이상이 세 사람이 차지하고 있는 예술가로서의 오늘의 위치나 위상을 떠올릴 때, 오늘의 우리 문화계 정황에 대한 나름대로 통렬한 화살 하나가 있어 보이기도 하는 것이다.

예술 하는 사람들의 제대로 된 모임이라는 것은 본래적으로 저러해야 하지 않을까 하는 비판적 화살이 그것이다. 오늘 우리 문화계의 협회다, 단체다 하는 것들의 잡박한 난립은 문학에 도움이 되기는커녕 타락과 부패를 부추기는 쪽으로만 극성들을 피우고 있는 것이 아닌가.

1980년대 언젠가, 김춘수가 독일에 갔던 길에 윤이상을 만났더니 한때 한 동아리의 동인이던 김춘수를 끌어안고 "춘수야, 정말로 고향 땅 한 번이라도 밟고 싶다"고 하소연을 하여, 돌아와서 당국에 사실대로 알려 시도를 해보았지만, 여론이 안 좋다며 '불가' 판정이 나더라는 것이다.

그 무렵 통영 시절의 청마는 어쩌다 눈이 오면 반드시 김춘수에게 전화를 걸어 "가슴에 불이 나서 미치겠다. 어디 좀 걷자, 걷자"고 소리소리 질러대곤 했다는 것이었다. 천성적으로 타고난 예술가들이란 이렇게 별난 사람들이었는지도 모른다.

윤이상도 본시 초등학교밖에 안 나온 사람이었으며, 그럼에도 음악적 소양은 그렇게도 높았었다고 한다.

이호철(1932~2016)

함경남도 원산에서 태어났다. 6·25 때 혈혈단신으로 월남하여 부산에서 부두 노동, 제면소 직공, 경비원 등을 전전하며 주경야독으로 소설을 습작하였다. 1955년 단편소설 「탈향」으로 등단(황순원 선생 추천)하여 소설가의 길을 걷기 시작하였다. 꾸준한 작품 활동으로 1961년 현대문학상(「판문점」), 1962년 동인문학상(「닳아지는 살들」)을 수상하였다. 1971년 재야 민주화운동의 효시인 '민주수호국민회의' 운영위원과, 1973년 '개헌 청원 1백만인 서명운동 30인 발기인'으로 참가하는 등 민주화운동에 참여하여 옥고를 치르기도 하였다. 1985년 '자유문인실천협의회' 대표를 역임하였으며, 1989년 대한민국문학상 본상 수상, 1997년과 98년에 대산문학상과 예술원상을 수상하였다.

주요 작품으로는 「탈향」, 「큰 산」, 「판문점」, 「닳아지는 살들」 등 다수의 단편소설과 『소시민』, 『서울은 만원이다』, 『남풍북풍』, 『그 겨울의 긴 계곡』, 『재미있는 세상』, 『남녘사람 북녘사람』, 『문』, 『남과 북 진짜진짜 역사읽기』 등 다수의 장편소설이 있다. 1988년 일본을 시작으로 주요 작품들이 미국, 프랑스, 독일, 스페인, 러시아 등 15개국에서 번역 출판되었다. 분단 상황에서 남북 민중의 고통과 인간애 등을 문학작품으로 잘 형상화했다는 공로를 인정받아 2004년 독일 예나대학으로부터 '프리드리히 실러 공로 메달'을 수상하였다.

분단의 현실과 아픔을 문학으로 승화시킨 대표적 통일(분단)문학 작가로 꼽힌다.

우리네 문단골 이야기 1

초판 1쇄 인쇄 2018년 9월 21일 | **초판 1쇄 발행** 2018년 9월 28일

지은이 이호철 | **펴낸이** 김시열

펴낸곳 도서출판 자유문고

서울시 성북구 동소문로 67-1 성심빌딩 3층

전화 (02) 2637-8988 | 팩스 (02) 2676-9759

ISBN 978-89-7030-131-0 04810 값 14,000원

ISBN 978-89-7030-130-3 (세트)

http://cafe.daum.net/jayumungo